顾　问：蒋世欣

主　编：尹昶发　黄文辛

副主编：梁希仁　常永生　赵黄龙　郭朔臣

编　委：（以姓氏笔画为序）

尹昶发　史文山　李金玉　吴定命

赵　愚　赵黄龙　梁希仁　郭朔臣

黄文辛　常永生　蒋世欣

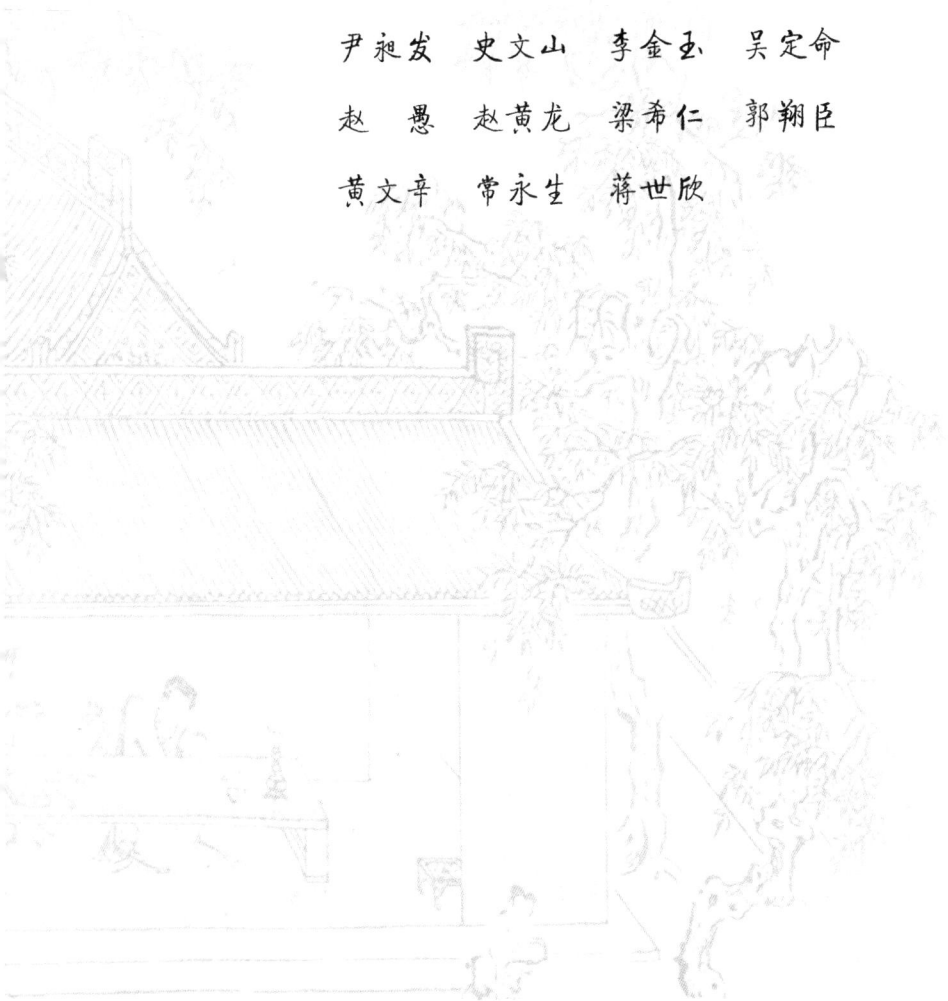

主编　尹昶发　黄文辛

唐槐诗选

山西出版传媒集团

山西人民出版社

图书在版编目（CIP）数据

唐槐诗选／尹昶发，黄文辛编．--太原：山西人民出版社，2013.11

ISBN 978-7-203-08374-0

Ⅰ．①唐… Ⅱ．①尹… ②黄… Ⅲ．①诗集—中国—当代 Ⅳ．①I227

中国版本图书馆CIP数据核字（2013）第244692号

唐槐诗选

编　　著：	尹昶发　黄文辛
责任编辑：	魏　红
封面设计：	鑫　雅
出 版 者：	山西出版传媒集团·山西人民出版社
地　　址：	太原市建设南路21号
邮　　编：	030012
发行营销：	0351-4922220　4955996　4956039
	0351-4922127（传真）　4956038（邮购）
E - m a i l：	sxskcb@163.com　发行部
	sxskcb@126.com　总编室
网　　址：	www.sxskcb.com
经 销 者：	山西出版传媒集团·山西人民出版社
承 印 者：	山西臣功印刷包装有限公司
开　　本：	890mm×1240mm　1/32
印　　张：	9.125
字　　数：	245千字
印　　数：	1-1500 册
版　　次：	2013年11月　第1版
印　　次：	2013年11月　第1次印刷
书　　号：	ISBN 978-7-203-08374-0
定　　价：	48.00元

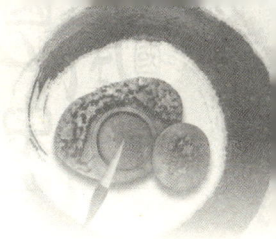

十年辛苦不寻常

——《唐槐诗选》序

武正国

唐槐诗社成立十周年了。社员从成立时的 20 人，发展到了现在的 80 多人。出版了 30 期《唐槐吟苑》，发表了上万首诗词。社员个人还出版了 20 多本诗集。现在，他们每人选出 1 到 10 首作品，出一本《唐槐诗选》，要我作序，我欣然同意。我一直关注着这个诗社的成长。记得在诗社成立两周年时，我曾经说过："唐槐两年来做了两件大事：一是走诗企联姻的路子，二是坚持评刊制度。这两件事是创举，可载入山西诗词史册。"现在又过去了八年，这两件事他们一直坚持着，而且又有了新的发展。

"诗企联姻"，当初是为求生存而想出的一个办法。后来他们在实践中体会到，它不仅是诗社得以生存和发展的基础，而且是深入基层、深入生活、激发创作

热情的好形式。于是，开展"诗企联姻"的自觉性不断提高，规模不断扩大。从单一的食品行业发展到煤炭、建筑、钢铁、商业、监狱、高速公路等部门。到目前已经组织了20多次。在即兴创作活动中，诗词质量不断得到提高。在唐槐诗社的影响下，省城其他诗社也先后开展了诗企联姻活动。山西诗词学会对这项活动从一开始就给以鼓励和支持，2011年学会第五次代表大会决定成立诗企联姻委员会，以加强对这一活动的组织指导。现在，诗企联姻已不仅是唐槐诗社，而且是山西诗词学会组织会员深入基层提高创作水平的一项重要举措。

办刊评刊，是唐槐诗社又一特点。社刊《唐槐吟苑》编辑部的十来个人，废寝忘食、任劳任怨，一干就是十年，这本身就很不容易。何况他们又坚持了每期必评。评刊的方法灵活多样。既评编辑，又评作品；既评优点，又评缺点；有时"我说我诗"，有时"专栏专评"。从感性到理性，从技术层面到哲学层面，互相切磋，使办刊水平和创作水平不断提高。评刊产生了两种效果：一是保证了作品质量。唐槐社员的作品经常被《中华诗词》、《难老泉声》、《当代散曲》等刊

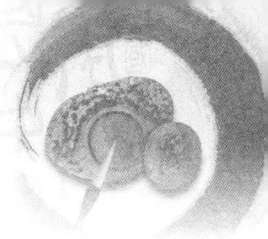

物采用。《中华诗词》两次在《诗社撷英》栏目集中发表他们社刊的作品。二是提升了办刊水平。《唐槐吟苑》不仅坚持了弘扬主旋律，弘扬正能量，歌颂真善美，鞭笞假恶丑；而且不断发掘地域文化，办出了山西特色。他们开辟了《情系三晋》、《黄河情韵》、《关隘雄风》等栏目，彰显山西地域特色和人文精神，努力打造北国诗风。三晋文化厚重，人文气场强劲，我们理应创作出无愧于前人和伟大时代的好作品。唐槐诗社同志们的努力，是值得肯定的。

为诗词集作序，本应对集子中的作品进行分析。奈我近来被眼疾困扰，无法阅读，也就不可能给出评价。上面所谈唐槐诗社保证作品质量的两大举措，聊作欣赏这本诗词集的背景材料。至于集子中作品的具体特色，不妨留给读者去品评吧！

写到这里忽萌小诗一首，寄语唐槐同仁：

十年辛苦不寻常，万朵诗花竞吐芳。
抖擞精神无老意，誓培硕果更添香。

2013 年 10 月 26 日

目　录

1

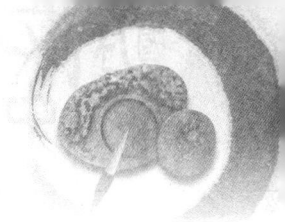

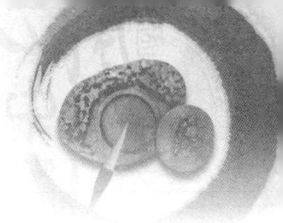

戴云蒸　男，（1925—2007），河北藁城人。山西省政府经济研究中心原总经济师。生前为中华诗词学会会员，山西诗词学会顾问，唐槐诗社首任社长、《唐槐吟苑》主编。著有《正气之歌——云蒸诗词》四卷。

读诗杂感

我喜吟诗惜不多，心倾武穆壮怀歌。

少陵悲唱家山破，太白误投璘帅戈。

陈叶元戎精韵律，开天旗手肇新河。

诗词醉我惠不尽，小树成材利斧柯。

无　　题

十载阴云绕梦魂，凄风苦雨盼曦暾。

欢歌难唱人将老，燕舞来临气可存？

盛世举贤叹橘柚，金台提携谢昆仑。

中兴大业需贤者，戮力同心扣玉门！

闲 云

闲云野鹤亦难闲，澎湃波涛胸臆间。
七秩只争加十岁，还将剩勇写千篇。

银婚之喜

中南邂逅小婵娟，细语溪旁情意绵。
几度分离湿衣袖，一朝重聚庆团圆。
翩翩携手冀中去，碌碌同心三晋缘。
四十春秋历风雨，齐眉白首乐开颜。

江城子·怀念西南联大

春秋四十去茫茫，不思量，自难忘，垂柳翠湖
倒影映轩昂。弦诵古今情弥切，怀国事，路何方？

和平怒吼盖八方，莫彷徨，少年郎，展翅鲲鹏
个个竞高翔。桃李争妍飘海宇，怀母校，好师长！

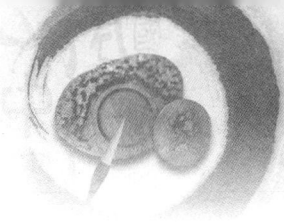

晨　练

朝霞晓月味馨清，寒暑不移功自生。

起舞刘琨迎旭日，婆娑翁妪趁晨星。

行柔摆柳走八卦，意静参禅随五行。

政举人和煦阳照，展容老骥四蹄轻。

八十抒怀

槐下吟哦忆昔烟，书生意气向云天。

征途艰险关河梦，筹策辛酸汾晋缘。

痛饮开怀金箍解，高歌奋臂老翁攀。

纵身诗海探珠玉，竟日张帆笑散仙。

唐槐诗社成立三周年感言

朝朝暮暮越三年，一片衷情酬凤缘。

雅韵推敲宏国粹，童心未泯献黎元。

天行健步念来者，水逐东流涌浩然。

生死由天唯一愿，但求无愧走人间。

我爱古诗词

我爱古诗词，光华耀千古。唐音遭冷落，八十寒与苦。神蛇今苏醒，四海赞玉树。余也拙不才，白首穷年赋。高吟正气歌，匕首刺贪腐。奋笔吁民权，公仆真公仆。我孜耕文苑，辛勤一老圃。诗词贵清新，莫作雾中雾。宫词无限愁，令人笑酸腐。我手写我心，悠悠衷情吐。朗朗咸上口，柳井倡妇孺。格律非桎梏，入门翩起舞。夜清敲平仄，捻须师老杜。

读武正国同志《三晋咏怀》

华夏文明看晋汾，风光壮丽竞缤纷。

晋祠尧庙千秋月，恒岳绵山四季春。

壶口怒涛惊远客，太行奋臂战乌云。

武君妙手生花笔，三百诗篇醉客魂。

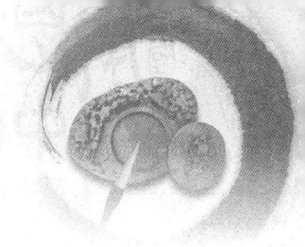

鹧鸪天·有感于老妻为《唐槐吟苑》作封面画

重抹轻皴寻性灵，唐音千古脉传承。槐阴亭内醉吟客，流水高山聆雅声。　　夫敲韵，妪丹青，白头相伴忘三更。但凭笔底心犹热，尽献河山一片情。

曹宪章 1925年生，上海闵行区人。原在山西汾阳中学工作。本社社员。

离晋迁沪感怀

行吟泽畔话南迁，老马踟蹰难向前。
四十五年征战地，八千余日自由天。
盘桓惆怅涔涔泪，悲喜离归眷眷篇。
欣得天公殷惜别，霏霏细雨浥轻烟。

游双塔寺

（一）

危危双塔喜凌空，碧血丹心傲雪风。
立地擎天天作主，深情描绘晋汾踪。

（二）

塔傍碑帖满长廊，凝视犹闻翰墨香。
历代英豪传国宝，高风湛艺永留芳。

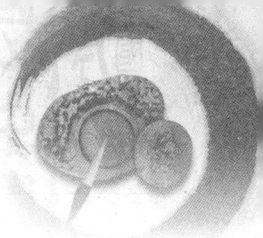

谢沛云 1926 年生，北京市海淀区人。原在安徽五河中学工作。本社社员。

赠内（新声韵）

（一）

每当对坐数额纹，一道重纹一道辛。
湿袖递翻挥发露，昏灯连挑正儿音。
划空雁阵无留字，逐水华年犹见痕。
竹院春浓花事里，闲观红杏过墙伸。

（二）

虽隔小院是篱笆，额上渗珠粘枣花。
春米原来农户手，过桥偶入野人家。
裁得芳草接青帝，梦作水滴成月华。
初荡扁舟还记否，河中一样现朝霞。

答李盛骥同学

（一）

柳系扁舟候课闲，影投也指角尖尖。

蜻蜓戏水身轻点，黄雀穿枝声乱喧。

诗笔窗情浮景况，天风何术聚云烟。

此心但作霜枫叶，老去如舟照嫩寒。

（二）

热血青年报效心，肩匣冒雪到程门。

三冬蘸砚形声近，几度游园草木深。

寒雁空鸣飞岭壑，长车晓碾咤风云。

拟登造访将军路，好赏绿茵接塞春。

满庭芳·中央党校巡礼（新声韵）

严整白杨，轩昂挺立，卫护坪草容装。立楼端坐，两翼拱中央。桥水亭廊榭馆，修竹处，邃洞来光。当秋季，穿花步柳，饱赏柿呈黄。　　非常，深院内，沉思满贮，启示新航。有经纬飞舟，特色盈舱。兴建民族伟厦，大造就，当代金梁。几多夜，霜凝鸟歇，灯火正辉煌。

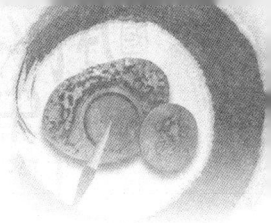

陆远昭　1926年12月生，湖南东安人。曾任山西煤炭地质局总工程师、局长，山西煤炭地质学会副理事长。系山西诗词学会唐槐诗社社员。

庆建党九十周年

物换星移九十年，江山处处换新颜。
井冈星火燎天地，遵义红旗指舰船。
万里长征驱虎豹，延安灯火照江山。
柏坡帷幄胜千里，百万雄师动地天。

咏　煤

地下生成几亿年，尖兵敲醒见蓝天。
千锤万钻心头乐，要让光明留世间。

退休感言

莫道退休无事秋，长征漫步又从头。

闲时书海诗词觅，胜日天涯山水游。

华夏风云图有序，人民日月奔无忧。

欣逢盛世夕阳美，万紫千红亮九州。

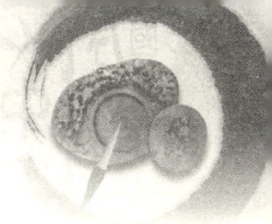

冷　光　1927 年生，山东招远人。曾任山西省煤矿工会主席，山西省六届人大常委。系中国书法家协会、中国美术家协会会员，山西省书法家协会名誉理事，山西诗词学会会员，唐槐诗社社员。著有《冷光书画选集》《不已斋诗集》等。

忆太原解放 （新声韵)

时序轮回六十年，眼前似又现硝烟。
英雄泪洒牛驼寨，烈士血飞双塔砖。
古老城头旗映日，桥头街上火冲天。
人民接管当家后，从此汾河水变甜。

卢沟晓月

卢沟炮火起烽烟，晓月残风开战端。
铁甲冲过血染地，屠刀举起骨堆山。
河山半壁沉深海，赤县八年撼九天。
又见东瀛鸦雀闹，岂容倭寇犯榆关。

游 绵 山

穿云拨雾上绵山，玉宇琼楼岩壁悬。

俯瞰烟村农院小，仰观殿宇佛光圆。

千寻飞瀑扯银幕，十里低丘铺绿毡。

背母介公山路过，惊疑此地换人间。

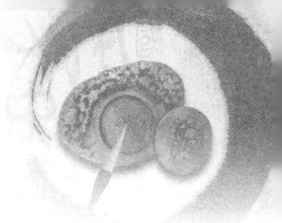

张焕鹏　1928年生，河北廊坊人。山西省总工会干部学校离休教师。系山西诗词学会唐槐诗社社员。有多首诗词在《唐槐吟苑》、《灯火文集》等刊物发表。

访晋中监狱

迎我行行夜合槐，万盆雏菊待时开。
谁云监狱阴森怖，干警仁心再造才。

［自由曲］托妻福

稀发斑白，齿亦秃，有杖石扶。看晚霞，开怀号歌，喜泪涌眸。六秩风雨路崎岖，一对"冤家"栖一处。莫笑咱，暗自称姐弟，恩爱笃。

可怜她，劝嫁拒。从一终，无反顾。落难保家小，含辛茹苦。她是送昨开今女，女中尧舜女丈夫。庆幸思、九死一生健，托妻福！

注：劝嫁拒，指在特殊的年代中，笔者遭不幸，有人多次劝妻改嫁，妻均予拒绝。

忆宛平中国守军大刀队

侵华日寇欲吞天，借口浪人寻事端。

东北乌云悲国耻，卢沟残月照狮寒。

宛平守将忍孰忍，赤县怒兵前向前。

抡起大刀缨吐火，杀红一片复仇川。

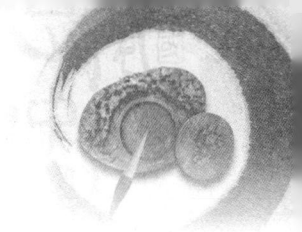

宋福才　1928年生，原籍山西沁水。1944年参加八路军，历陆、海、空、骑、警多军种，屡立战功。离休后醉心诗文创作，现为中华诗词学会、山西诗词学会会员，有《老兵情怀》诗文集出版。

湛江工厂植树（新声韵）

一

厂庆荣归喜造林，树苗根系老兵心。
嫩榕战士日成长，绿染南疆守护神。

二

甲子轮回六十春，厂区植树盼成林。
源头活水清如许，叶茂根深仰彩云。

老兵探亲回军营（新声韵）

拨开四十六年尘，战友相逢格外亲。
去日并肩谋创业，归时携手议弥新。
虽为海内他乡客，却是涛中一舰人。
新老水兵同祝愿，远洋通讯报佳音。

当年水兵守海疆（俳句七首）

一

珠江清清流，两岸处处排码头，美景一望收。

二

虎门波涛翻，海军沙角建校园，水兵歌声欢。

三

台风卷狂浪，水兵挺胸筑堤墙，百姓免遭殃。

四

木棉铁树多，水师英勇诗满箩，红豆满山坡。

五

战士握紧枪，军民联防天网张，敌特无处藏。

六

春忙秋更忙，官兵助民喜打场，稻谷积满仓。

七

秋风醉渔乡，船船鱼虾耀银光，渔家奔小康。

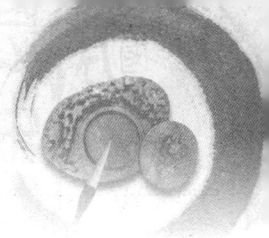

郝　安　1930 年生，历任小学教员、安徽省五河县团县委办公室副主任、县委党史办公室主任、县人大常委等职，副编审职称。先后担任莺花诗社社长和五河县诗词学会名誉会长。中华诗词学会、安徽太白楼诗词学会、武汉九州诗词学会、山西唐槐诗社、山东江北诗词学会会员，编有《疏影吟草》专集。

浣溪沙·淮滨

淮水东流逐浪哗。岸边绿柳伴桃花。村姑卖俏漫披纱。　　老叟又来闲散步，残阳如画映烟霞。暮鸦觅偶叫呱呱。

西江月·咏女航天员刘洋

身许航天伟业，勇于历险登高。长空万里任逍遥。风景天宫独好。　　奏凯归来圆梦，昭君羞比多娇。银河初见女中豪。飒爽英姿俊俏。

踏莎行·读杜甫《秋兴》即兴

诗史千秋，深沉独秀。《秋兴》叠唱秋酣透。夜阑搔首叹何求？江天万里霜依旧。　　北雁南飞，红枫如绣。淮中绿水风吹皱。万千美景入宏图，黄花娇艳看无够。

沁园春·望雪

一夜狂飙，大地凝冰，瑞漫昊穹。看庭前院内，杏披玉鏊，迎春初绽，桂绿梅红。室有空调，暖风习习，颂读诗书承古风。流光迫，念人生短暂，事必身躬。　　古来吟咏多重。喜梅雪、争春冷艳浓。又程门久立，爪痕鸿影，寒江独钓，梁苑吟虫。百代千家，竞妍比颖，各领风骚称俊雄。皆陈卷，话风光北国，当举毛公。

沁园春·六十大典

——为中华人民共和国成立六十周年而作

追忆炎黄，史海茫茫，历越沧桑。有伤痕累累，

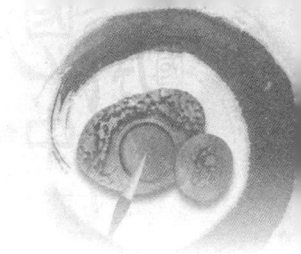

华章万卷，千秋伟业，百代辉煌。多少先贤，帝王将相，曾为之挥泪举觞。古今事，我神州浩浩，永立东方。　　火烧鸦片哀降，八国匪、贪婪更逞狂。恨列强帝国，夺疆掠土，主权丧失，国破家亡。横扫豺狼，工农解放，几代先驱共领航。雄鸡唱，看嫦娥奔月，神七翱翔。

一丛花·南海风云

边陲又雨骤风狂。群丑急跳梁。侵华旧梦祈重演，拉帮派，造舰筹枪。航母横行，飞机乱闯，欲夺我南疆。　　古来礼义振家邦。今日更辉煌。任由美日豺狼狠，举哀兵，固若金汤。卫我中华，驱除敌寇，惟发奋图强。

晋祠观槐

三晋雄奇耸入云，别离淮上乍登临。
陟高顿觉山城小，望远可观汾水滨。
昔日古祠风景好，当年帝子业勋存。

有缘一睹唐槐绿，感谢王公桑梓人。

禹　颂

禹承鲧业驱洪患，华夏增添锦绣篇。
改堵行疏为国策，开沟凿道以民先。
茫茫江海成平野，浩浩烟波汇巨川。
三过其门千古颂，丰碑高耸碧云巅。

金陵览胜

修史途中访帝宫，紫金山下赏春浓。
六朝故地花呈艳，玄武名湖歌正隆。
燕子矶头观逝水，中山陵内仰遗容。
繁华最是新街口，飞架虹桥千古功。

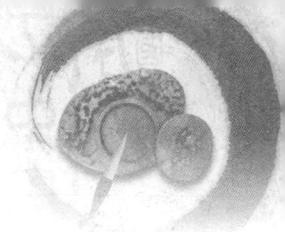

蔡德湖 1931 年生，江西上饶人，太原化工厂主任工程师，中华诗词学会、山西诗词学会会员。

破阵子·太原漫步

古邑龙城焕彩，一川锦绣新城。耸厦摩天争次第，十里长街夜明。飘香美食评。　　学府新区引凤，机场窗口迎朋。四海嘉宾云雾集，万国商行结莺盟。高歌引颈鸣。

浣溪沙·唐槐诗社一周年

古调承陈意境新，吟诗度曲但求真，唐槐凝聚并州魂。　　下海飞舟争妙语，补天玉石献丹心，且看诸侣啸胸襟。

卜算子·听二女警演说有感

宏愿幼时生，谁计高墙阻。飞絮行云各自忙，认定前行路。　　日月两肩挑，妇女曾同伍。绿染精神

沙漠荒，笑语迎春住。

千秋岁·咏唐槐诗社

　　唐槐盛貌，佳节会同道。嘶风老马诸贤到。不争盈亏事，亲切倡诗教。敞怀笑，行藏净净飞光耀。

　　写作刚书好，朗诵连粘妙。情未已，吟醉了。但得心如口，韵伴今生老。时际也，重燃烈焰惊年少。

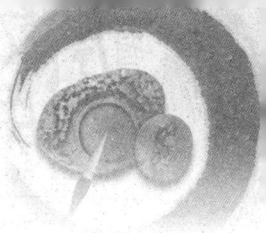

任锦翚 （1931—2006），山西介休人，生前为太原市建筑总公司退休干部，山西诗词学会会员，唐渊诗社首任社长。

贺"神舟五号"载人飞船发射成功

"神舟五号"一声哮，刺破苍天任尔翱。
蓝箭为毫天作纸，汗青巨卷写英曹。

[中吕·十二月带过尧民歌]
山西诗词学会二十年庆

平日里频翻玉卷，只盼个早沾诗边。清梦中吟哦苦练，有心人感动真仙。墨艺园内忽生新面。结下了个三晋吟缘。 （过）常听说醒狮添翼易飞天，真想要猛虎腾云好登巅。两年诗作数清源，几篇词曲意绵绵。留连，留连复留连，一杯美酒敬诸贤，总算称了痴心愿。

题《墨荷图》（二首）

不敢人前夸色艳，素妆淡抹也称花。
琼楼玉宇天庭暖，补地无须劳女娲。

百花当数墨荷娇，黛叶临泥气韵飘。
玉簪无瑕添国色，一尘不染竞风标。

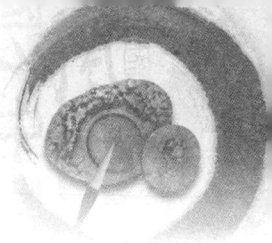

温　祥　1932 年生，四川省长宁县人。中共山西省委办公厅退休干部。中国作家协会、山西省作家协会会员，中华诗词学会名誉理事，山西诗词学会名誉会长。唐槐诗社名誉社长。有《温祥诗存》等 11 部著作。

题太原双塔寺

双塔护陵园，塔尖似笔尖。
蘸将汾水去，其势欲书天。

周　　末

高山流水任驱驰，忙里偷闲乐此时。
月季临窗香入户，凉茶半盏数行诗。

拜千手观音

诚惶诚恐叩尊前，不为消灾为结缘。

求赐也生千只手，半抓钞票半抓权。

嫦娥（六行体）

嫦娥打扮花枝俏，她给后羿打电报。
神六返回多热闹，为何不发短信告？
神七登月几时来，快去买张探亲票。

汉俳·遥控

阿嫂盼哥还，忙过麦收私话传。直拨到海南。

江城子·忆母

汾滨蜀叟望岷江，水泱泱，雾迷茫。爱系山乡，
千里梦寒窗。走线慈亲花镜架，明月照，补书囊。

当年苦累度时光。纳鞋帮，赊米粮，人投白眼，
休倦更心伤。雨颤风悲魂魄在。儿泣诉，莫惊娘。

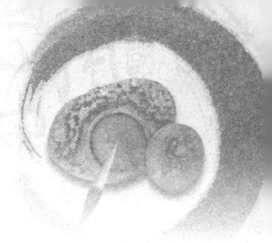

水调歌头·毛泽东百年诞辰

解放歌声急，星火遍寰中。路隘林深苔滑，决胜见豪雄。愤倚蓝天抽剑，刺破金陵残梦，率众缚苍龙。长夜鸡鸣晓，墨面尽朝东。　　诵吟章，循史迹，跨时空。沉浮自主，腾身击水傲王公。喜看山花烂漫，不睬乱云飞渡，含笑独从容，心逐狂飙舞，一曲满江红。

[越调·天净沙] 秋初过河西走廊

风轻云淡天高，麦黄棉白杨骄。酒美瓜甜人好。慢言秋到，且看千里春潮。

自由曲一组

三代人的歌

爷唱，上山下乡，爹唱，下海经商，我唱，保驾护航。歌声续断，回眸半纪沧桑。

训　驴

老农赶驴上路，嚼烂山庄窝铺，又啃了村边苗圃。被抽，哭诉，心疼，安抚，你不该忘了百姓苦，走一处吃一处。记住，别错以为自己是什么国家干部。

纸

写一张，装不完心里深情话，写一沓，怕压得她手发麻。哎呀呀，恨只恨走遍天涯，寻不见厂家，将信纸儿造得天样大。

秋　兴

小院静，闲庭空，窗外鸣虫，榻上病翁，听葡萄沐雨，月季摇风，无叶蔷薇夸刺，有花芍药展容，激诗情涌。

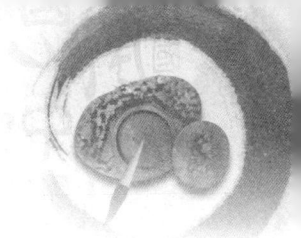

智先才 1932年生，山西定襄人，大专学历，中学语文教师，1991年退休。山西诗词学会会员、唐槐诗社社员、定襄滹沱诗社社员。著有《清寒斋诗词集》。

瑶池秋晨

晨光揖香客，瑞气接禅门。
犬吠惊三县，霞飞散一村。
车鸣催旭日，鸿鹜动溪沄。
扶杖瑶池畔，临泉听鸟喧。

山　村

馥郁果林静，逶迤小径幽。
鸡鸣呼碧海，犬吠引娇妞。
栖鸟飞高树，山岚蒙月钩。
高邻情谊暖，翁妪语言稠。
品枣闲评理，端茶话去留。
生财归牧道，培富造林谋。

酣梦山庄晓，归程盛世讴。

果园素描

碧垴芳枝接远天，幽幽佳境蝶翩翩。
甜甜笑影追林影，袅袅情歌绕数巅。

怀念邓小平同志

陆沉赴难显峥嵘，大别鏖兵惊敌营。
起落从容怀社稷，南行成竹惜黎烝。
丰功何必燕然勒，伟绩更须碑碣铭。
港澳回归凭两制，梦君挥手唤台澎。

八秩寿辰抒怀

沱阳野老不知愁，咏唱晨昏诗兴遒。
莘户书林陶雅趣，寒斋韵雨润风流。
文山觅径攀峰啸，词海随风踏浪游。
精品艺园追李杜，岱宗观日骋吟眸。

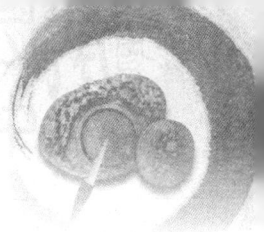

纪念诗圣杜甫诞辰 1300 周年

浣花溪畔杜陵叟，北望京都悲泪流。
屋破茅飞身瑟瑟，雨淋被湿冷飕飕。
难圆天下寒士梦，谁解石壕翁妪愁。
酒肉朱门惊世句，公权私欲实堪忧。

渔家傲·赞女农机手

堤柳含烟天欲晓，雄鸡引颈催人早。耙地司机哼小调。娇声笑，晨光沐浴容颜俏。　　熠熠朝阳披碧垴，蓝天雁字诗行巧。卅亩瓜田齐耙好。争分秒，机声突突歌声妙。

浪淘沙·思念亡妻

窗外月如霜，衾枕微香。抚床人去苦宵长。辗转夜阑风瑟瑟，泪眼星光。　　岸柳映朝阳，畅叙河旁。鸟鸣声逐笑声扬。把酒而今空对月，睹物情伤。

沁园春·梅园吟

寒树盈园，傍路临溪，瘦体倚篁。望南枝缀玉，嘤鸣禽翠，朦胧月色，风动琼装。玉笛悠悠，清词雅韵，荟萃精英抒慨慷。晨曦现，正青烟袅袅，疏影微霜。　　徜徉林圃峦冈。只见得，暖流浮旭光。任旋英白洁，残凌融苑，冰肌玉骨，不畏侵伤。呵护奇葩，滋兰润蕙，奕奕神眸正气扬。严冬尽，有丛中姿俏，香冷名芳。

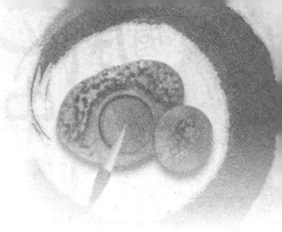

张宝山（1934—2008），山西洪洞人。1955年1月到省委工作，曾任山西省食品工业办公室主任，1996年退休。曾任唐槐诗社副社长。著有《张宝山诗选》。

纪念邓小平诞生一百周年

开国元勋一邓翁，功同日月耀山红。
创新革旧千秋颂，敢教神州立富中。

黄　河

黄河自古有泥沙，万里昆仑映彩霞。
雪雨交融东淌去，欢歌一路走天涯。

壶口雷声

黄河一路好风光，壶口雷声巨浪狂。
华夏儿孙齐怒吼，龙腾民富国隆昌。

蒲津渡风光

秦晋往来何处通，挥寻古道缅前踪。
挖沙遗物神牛显，排水勘明索道通。
冶铸工程开发早，桥梁建造技登峰。
中华景点多精粹，世界风光又一宗。

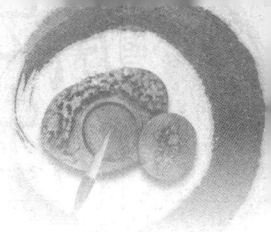

梁希仁　字剑翁，号濮风斋主。1934 年 8 月生，河南濮阳清丰人。大专文化，1947 年入党，1951 年入伍。历任军校学员、参谋、连长、处长。1986 年离休。中华诗词学会、山西诗词学会会员，中华诗词文化研究所研究员，唐槐诗社常务副社长、《唐槐吟苑》副主编。出版《濮风斋诗草》、主编《军旅情》诗集。

忆抗战时期村口放哨

烽烟岁月漫天寒，三尺红缨似火燃。
稚目圆睁昂首立，岂容鬼子近庄前。

迎　　亲

军汉营中娶丽娘，自行车队载红妆。
警官敬礼灯开绿，赞语连声入洞房。

老兵晨练

起床听号改钟鸣，快步生风趁晓星。

身在军营墙外练，心随将士喊操声。

桂林山水

山报城垣水映山，青罗带绕誉人寰。
群峰倒影山浮水，愿做周公不做仙。

太平湖放舟

碧泠万顷映群山，风荡流香袭客颜。
远眺湖光飘渺境，蓬莱恍若入其间。

迎泽桥头春望

凭栏仰望日偏西，远眺河融波浪低。
喜鹊踏枝嬉岸柳，稚童开仗掷新泥。
一桥跨水传春信，千客乘车代马蹄。
最是滨东行路好，和风吹绿万花堤。

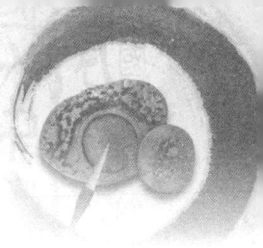

重阳漫步长风街

重阳今度不登高，晨起长街走一遭。
出发凉风吹领口，归来热汗滴眉梢。
步轻路阔翁心惬，胸旷神飞鹤发飘。
养老军休多福寿，茱萸未插百灾消。

冬闲农家乐

雪映庭梅艳，风摇枝鹊喧。
晨拳轻舞袖，午饭巧拼盘。
邀友尝佳酿，听妻弄玉弦。
搓牌闲取乐，赛过梦中仙。

西江月·伏天游五台山

山淌百溪退暑，风吹万树生凉。流云似水洗阳光，
花草滞消热浪。　　名胜五台吐翠，经轮禅理留芳。
自由信仰助邦昌，和谐中华兴旺。

［自由曲］赞超级火箭炮

火箭炮，火箭炮，大陆发射能"保钓"，海盗吓跑，霸权惊叫，国人欢笑。导弹作后盾，火炮充前矛。杀鸡焉用宰牛刀。科技强军好。

注：我军超级火箭炮，可以从中国大陆发射，保卫钓鱼岛。

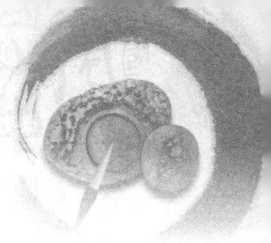

张立波 （1935—2007），山西芮城人，山西大学毕业。生前曾任芮城县委副书记、省财贸研究室主任、副总经济师、研究员。国务院突出贡献经济专家。山西诗词学会会员，唐槐诗社副社长。出版《立波诗词集》等。

悬 空 寺

北岳恒山气势雄，梵宫栈道叩天宫。
山河环绕奇峰外，飘渺浮游云雾中。
古刹千年今日览，白云伴我缅甘风。
深渊俯瞰惊心胆，天赐公输神巧工。

双 塔 寺

巍巍双塔刺云天，标识并州览大千。
飒爽英姿肩并立，岿然招手太行山。
朝迎红日霞光照，夕瞰万家灯火燃。
欲把塔身充巨笔，汾河饱蘸写新天。

退 休 吟

年华逝水鬓交秋，到点都应乐退休。

足迹虽留功过印，时光平慰是非沟。

一生苦辣酸甜事，何记怨歌笑与愁。

游乐强身清福享，夕阳正宜逐风流。

花 瓶

精选群芳置案头，娇颜烂漫贮清幽。

人生常有悲欢事，惟尔清闲不自愁。

路 灯

日落西山暮色临，路灯高照破昏沉。

红心红胆红光焰，彻夜不眠为万民。

鹧鸪天·赞园艺工人

绿化家园美意珍，夜栽花卉接清晨。欣瞻街景花坛立，园艺工人泥一身。　　泥里走，土中蹲，挖坑修剪绿成茵。精心栽培花枝俏，送给千家一片春。

渔歌子·风筝

得意翱翔媲彩虹，依人牵引自为荣。身微贱，腹中空，风刮断线倒栽葱。

郭奇珍 1935 年 6 月生，山西汾西人，曾任汾西县人大副主任，现为汾西县诗词学会会长，本社社员。著有《晚霞当歌》。

观 壶 口

黄河九转欲凌空，跳跃冲天闪彩虹。

烈酒一壶天下醉，游人哪个不英雄。

日 光 棚

农家庭院里，午日暖棚中。

青菜畦畦绿，黄瓜架架浓。

主男多笑脸，巧妇少愁容。

不畏严冬雪，双人筑窄垄。

迎 春 赋

新年万里霞，瑞雪绽梅花。

充耳炮声脆，观光夜幕斜。

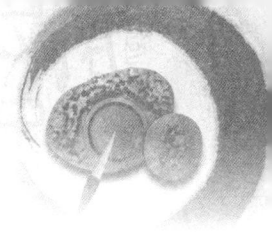

举杯三两醉，叙话几壶茶。
漫步欢歌里，春风入万家。

共产党人

信仰贵千金，为民皆忘身。
赴汤摧旧垒，沐雨化新春。
致富攻关者，铺石筑路人。
清风盈两袖，伟业荡灵魂。

郭汉忠　1936 年生，大学文化，高级经济师。曾任中共汾西县委政法委书记。中华诗词学会会员，唐槐诗社社员，汾西县老年书画家协会主席。主编《汾西书画集》、《翰墨霞光书画集》、《墨缘》、《河东书画集》等，著有《笔墨情缘》书法集、《诗韵雅情》诗集等。

党　旗　颂

血染党旗催日升，五星闪烁照征程。
锤镰挥舞三山倒，常扫阴霾方向明。

题上海世博会

欣观黄浦已沸腾，呼啸龙吟共卷风。
城市未来新景象，迎来五月满天星。

我市引来黄河水

红旗飘舞涌歌潮，万壑通穿气势豪。

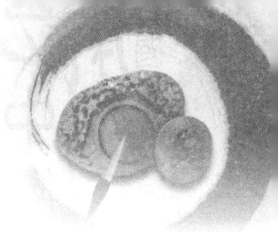

湖口奔腾凝水雾，库门漫溢望禾苗。

喷浇富水三光映，栽种鲜蔬四季销。

无畏老天干瞪眼，池边凫鸟理绒毛。

过黄河大桥

轻车载我越长河，逐浪雄风气壮多。

路畅一桥天上画，鸡鸣三省晓中歌。

波涛滚滚争流峡，虫鸟啾啾欲出窝。

蘸水挥毫诗韵远，岸边引颈一群鹅。

邓金煌 1935 年生，安徽东至县人。原在东至县
供销社工作。唐槐诗社社员。

九华山凤凰松

九子仙山一劲松，横枝侧叶展雄风。
参天朝日如翔凤，倚壑昂霄似舞龙。
几度雪融犹翁郁，千年雨洗更茏葱。
森罗烈烈凌云志，振翅欲飞邀太空。

谒 晋 祠

晋柏枝繁接远天，古祠神采展诗篇。
飞檐揽月明霞宇，悬瓮流泉浮日川。
崇敬先王朝圣母，荣当后裔继前贤。
归乡拜祖宗风盛，华夏亲情一脉牵。

枫桥幽情

枫桥诗句咏千年，思对遗踪吟兴牵。

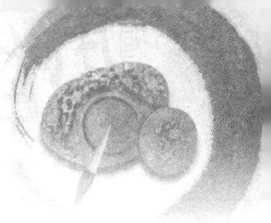

多少痴儿难舍意，幽情都在梦中船。

桃花潭怀古

桃花潭水转和声，犹听踏歌离别情。
酬语真淳成绝唱，心凝诗境仰贤明。

水调歌头·喜赞青藏铁路全线贯通

"西铁"几时有，铺轨越昆仑？敲开天路奇迹，今日梦成真。哈达闪光旋凯，亿万人民喝彩，雪域醉销春。拉萨神颜笑，告别藏疆贫。　　三农富，康庄迈，驾朱轮。催鞭策骏，登攀珠穆九霄云。盛世中华崛起，国力赶超欧美，科技创先新。敢拥嫦娥舞，壮志月宫巡。

吴定命 1936 年 6 月生，山西太原人。大学本科毕业，中华诗词学会、中国书画艺术家协会、山西诗词学会、山西书法家协会会员，中华诗词文化研究会研究员，唐槐诗社副社长，《唐槐吟苑》副主编，著有诗集《知新集》。

世博会迎宾

五洲星聚豫园游，花似霓裳果缀秋。
溢彩流光珠引月，延君国馆赏琼楼。

玉树抗震募捐大会

瞬间瓦土共横飞，玉树分崩万劫堆。
大难无情人有义，中华处处爱心归。

纪念中国共产党九十周年

仰望辰星志不迷，红军所向尽披靡。
雪山草地不回首，只为心中有党旗。

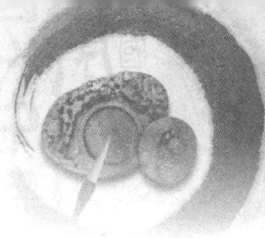

过雁门关

大漠长风万仞山，神工鬼斧铸雄关。
凌空捷雁峰难越，叩境匈奴马不前。
李牧平胡酋胆裂，杨门扫虏贼心寒。
城头故事如烟去，不老心碑世代传。

谒彭真纪念馆

涉世茫茫竟夜天，南湖驻足望明船。
读书只为求真理，敢爱方能恨国奸。
辅弼毛公兴大业，精研法理铸鸿篇。
功高一代不图显，亿万人民呼大贤。

辛亥百年祭

回转星辰一百年，犹闻四面哭轩辕。
山河破碎风飘絮，桑梓分离血染川。
大义高天除腐制，赤旗遍地铸民权。

如今十亿扬眉立，共举黄龙祭逸仙。

国庆六十周年观阅兵

天安门外激情烧，星月无眠地已摇。
领袖阅兵兵向日，人民鼓掌掌如潮。
鲜花束束浇心醉，圆舞翩翩起自豪。
捍卫共和安国宪，雄狮虎步向明朝。

走近圆明园遗址

有谁曾记美三园，满目熊熊烈火燃。
一片废墟声伴泪，惊呼不可忘斯年。

激情亚运

天地人和古穗城，丰收一片向前声。
雄风遍咏和谐韵，圣火长燃奔放情。
四海同心坚似铁，五环共宇灿如虹。
奥林匹克传千代，且看中华辈辈雄。

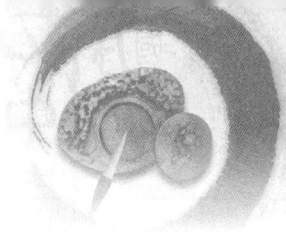

战天斗雪救灾记

荧屏频日报，大雪盖南天。百年无一遇，灾情众人牵。席卷十数省，灾民数十千。交通全线堵，水电大面瘫。父母思儿归，民工盼月圆。夜夜围炉坐，寒重湿被眠。战士枪揽雪，军旗铁不翻。冻雪虐无尽，冰霜逐日添。灾民无可待，逆暴共周旋。血泪和泥水，肝胆照铁肩。豪气冲牛斗，壮志大无边。传媒深意苦，消息遍地传。事惊中南海，情动黄河边。书记食无味，总理睡无眠。连夜开大会，全国总动员。发扬十七大，人本重如山。说迟那时快，省市热潮掀。京津送衣被，山西运煤炭。山东海鱼肥，河北蔬菜鲜。生活日用品，路路涌如山。上下全开通，空运车皮兼。人心打头阵，科技勇当先。专家齐献策，水电先行官。领导带好头，职工昼夜班。灾民如兄弟，灾难即我难。中央请放心，保证任务完。国内情如火，惊动天外天。各国发电报，纷纷表支援。我们有难时，中国首当先。中国今有难，岂能袖手观。物资加道义，齐集南海边。光从四面来，疲眉睁开眼。热从四方来，灾民身上暖。

食从四面来，饥肠得以缓。力从四面来，干劲加勇敢。
安徽到广西，福建至云南。热气消冰雪，智慧加乐观。
雪花可暴虐，灾民无辛酸。感谢亲兄弟，帮我建家园。
感谢众友人，扶我过难关。感谢各省市，饥寒有吃穿。
感谢各民族，有难共负肩。感谢党中央，霜雪变晴天。
感谢新中国，和谐万万年。

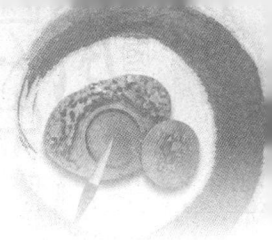

赵　愚　本名赵日林。1937 年生，祖籍山西汾阳。
1961 年毕业于太原师专中文科。一生任中学教师。
1995 年退休，先后加入山西诗词学会、中华诗词学
会，为唐槐诗社副社长，《唐槐吟苑》副主编，出版
《磨砺集》、《耕耘集》、《卉芥集》与《岁月留踪》。

登临甘肃平凉崆峒山（二首）

崆峒山上彩云飘，花木葱茏向客招。
黄帝登天梯问道，吾侪赏景致临霄。
修行不走神仙路，健体能达星汉桥。
盛世休闲访名胜，重峦叠嶂显妖娆。

悬崖绝壁朽桥跨，一览群峰苍翠中。
翘首云祥浮浩宇，低眸古塔戴青松。
玉皇殿下留合影，真武门前觅表兄。
日过午时沟底憩，山庄野味色香浓。

琴调相思引·生态念

幼小村边望柳烟，清溪屋后响潺潺。花香鸟语，结伴捕鸣蝉。　　时过境迁怀物景，事是人非毁田园。何时重现，碧水映蓝天？

青玉案·秋菊

秋来处处风光好，百花谢，金菊傲。带露披霜姿色俏。淡妆轻舞，芳容尽显，醉意频频笑。　　问君腹内何所抱，凛冽寒流亦光耀。为有山川新面貌，我心无愧，诗情不老，愿把清贫表。

望海潮·游清明上河园

开封名胜，七朝都会，还存大宋遗风。翠柳青湖，红墙碧瓦，参差陪衬皇宫。汴水绕其中。步移皇家苑，心醉眸惊。登抚云阁，尽收美景更怡情。　　清明河上喧腾。眺虹桥两岸，酒肆茶亭。歌榭舞台，画廊店

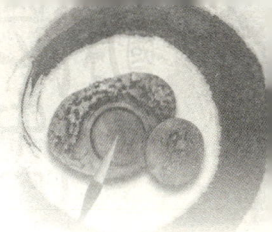

铺，人车马轿穿行。古色古装精。演绎汴河战，烟火弥空。杨志卖刀杂耍，游客乐盈盈。

［中吕·十二月带过尧民歌］ 母亲节感念慈母

流年似箭，岁月如川。洋节顿感，母爱非凡。人间遍演，孝道为先。　　（带）萱堂辞世整一年，梦里常萦在身边。烧茶煮饭影儿繁。春夏秋冬不顾闲。天天，一生苦累担，咋不心中念？清明又现，祭奠提前。鲜花敬缅，挂上碑沿。冥钱化点，顿作飞烟。

（带）周年祭母跪坟前，思绪连绵泪潸然。寒风冷雨伴孤单。糊口持家尽凭咱。偏偏，荆妻染病缠，儿老谁来惦？

壬辰中秋节得句二首

月月过十五，中秋蟾兔圆。
神州壮风采，魔鬼忌华繁。
难忘屠城史，愤收舆版权。
今宵光复梦，举酒共诛蛮！

右翼东瀛闹，阴云布满天。
谋侵钓鱼岛，策划犯龙边。
浊浪频频起，谐声渐渐淹。
炎黄齐奋起，驱雾赏婵娟！

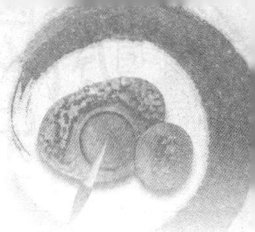

郭巨会 字肇青，笔名阿老，1937 年生，临汾尧都人。高级经济师。曾任县委书记、市畜牧局长、农工部长。唐槐诗社社员。著有《新韵诗词·言志》，刻录电子光盘《郭巨会新韵诗词选集》，出版《郭巨会新韵诗词集》。

自　　叙

作书习韵付平生，道不入时志守诚。
赏识低台常履客，鄙夷高厦耻蝇营。
诗情刺腐呼民苦，翰墨醒人励自清。
纵使天空无雨色，凛然不惧旱魔横。

无　　题

小楼静坐晚梳妆，把卷沉思望远方。
过眼云烟留梦境，随心雨露润肝肠。
惜春常愿花香艳，寄信唯嫌路漫长。
面对青灯闲赋句，诗灵不怕苦心妨。

人生无悔（新声韵）

人生莫怕路途艰，起落无常总向前。
岁月峥嵘持苦志，风云磨炼写新篇。
清名留世丹心壮，浊利非沾底气坚。
雪染发须依旧笑，鞠躬尽瘁体安然。

月夜孤心

淡淡月光潜画楼，半窗凉意惹浓愁。
锦衣难掩人消瘦，绣枕易添梦积忧。
缕缕情丝疏眷顾，颗颗珠玉懒回收。
孤灯墨韵常相伴，世态无情岂可求。

学书心得（新声韵）

政后勤书莫畏难，临池不怠忘食眠。
风神筋骨追先辈，字品人格效古贤。
晋韵唐风须悟理，通今博古自思源。
纤毫薄纸抒情志，墨海扬帆过险滩。

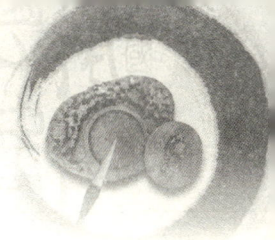

岁月无情

秋尽冬来已渐凉，窗前慵坐懒梳妆。

无情风雨催人老，染雪青丝慢沁香。

山村流韵

雨后桃花美韵流，阳光一抹照芳洲。

山村含蕴生机发，绿水悠悠未尽头。

江南春·秋韵

人入梦，鸟归笼。楼头弯月照，垣上卷西风。思君难会心憔悴，桃面无脂颜退红。

［南吕·四块玉］想

寒夜长，亲情荡，心梦游天泪成行。披衣坐起消凄凉。思故乡，忆老娘，人断肠。

常箴吾 1937 年生，太原市清徐县人。1962 年毕业于太原师专。曾任徐沟小学、中学教师，县政协委员，文联主席，黄河散曲社常务副社长，《当代散曲》主编。现为中国散曲研究会名誉常务理事，中国传统文化促进会散曲创作工作室顾问，中华诗词学会、山西诗词学会会员，《中国当代散曲》总编。著有《常箴吾散曲集》。

［越调·天净沙］ 贺姚奠中先生百岁华诞

先生独爱书斋，童心不染尘埃，国学通融大海。儒家风采，好诗飞过楼台。

［双调·驻马听］ 贺姚奠中先生百年寿诞

仰首峰高，一树云天碧玉雕，群山绿了。根深叶茂几多娇，霜披雨打也逍遥。春风弹起千秋调，乐陶陶，山花易老松难老。

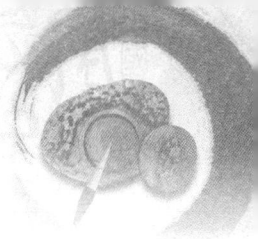

［双调·步步娇］葡萄园里画中游

步步娇葡萄红透，碧海风吹皱。伴金秋，妙曲声中画中游。绕芳洲，梦里香盈袖。

步步娇葡萄红透，碧海风吹皱。乐悠悠，美酒杯中话丰收。记心头，谁说秋光瘦。

［仙吕·六幺篇］醋园采曲

采曲清香远，醉了红粱苑。红粱一片，一片诗天。风情万千，天然曲园。五湖四海都香遍。翩翩，风骚独领数百年。

（幺）酸溜溜不是葡萄酒，香滴滴染了长衫袖。肥鱼儿依旧，美味儿长留，全凭那糖连醋勾，引得侬忘了忧愁。抱葫芦吃削面最是销魂时候。悠悠，轻柔柔一曲到五洲。

［双调·水仙子］听歌刘三姐故乡（对仗体）

上奇山竟遇美歌仙，临异水偏逢妙玉泉，入青林钻进民歌殿。碧池儿前，野味儿鲜，曲波儿碎了水中天。歌声近清音一片，回声远八方四面，愿人间弹遍和弦。

［双调·十棒鼓］西口曲
——读《西口三部曲》致燕治国先生

山顶顶上呼朋唤友，泪蛋蛋冰凉圪梁梁瘦。扯开嗓子西风吼，刮到包头，冲开西口，眊见杨家河边柳。骆驼牵了歌千首，燕过沙洲，酸溜溜一路写春秋。情深意厚，这好酒喝它千百斗，荡悠悠黄河九曲水长流。

［新韵小曲］题赵愚《耕耘集》

一阵子雪花飘下沾双鬓，两番儿风雨飞来落满襟；改不了青灯剪影难安寝，忘却了检点家当几两银。碧

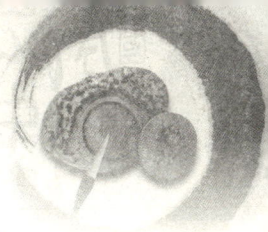

窗前仄仄平平伏案吟，云霄外诗词曲赋情无尽。写不够的诗文，唱不完的意韵。哟!这真是神农般的梦里耕耘，仙人般的醉里清贫。

［双调·骤雨打新荷］谒元好问墓

　　散曲鼻祖元好问（1190—1257），首创千古绝唱《骤雨打新荷》。余于元翁诞辰八百一十年时，至秀容（今山西忻州）谒其墓地，沉默良久，思绪万千，并依其原谱为曲，以书散曲兴衰之咏叹，歌散曲复苏之宏愿，告慰于长眠"野史亭"下的元好问先生。

　　山作长屏，看垣墙烧了，一座荒陵。四边寂静，八百载凋零。野草谁人顾问，兀的是曲家幽境?骤雨过，珍珠乱撒，几代枯荣。　　凉亭隐居野史，念新荷美景，何日花明?黄河东去，大吕共钟鸣。三晋群莺弄语，对荷塘绿叶婷婷。面山林，写他两轮日月，几许星星。

［中吕·十二月带过尧民歌］闻一多蓄须

闻一多先生，八年抗战期间，随清华师生转移赴昆明建西南联大。路长须长，愤然誓言：不获胜利，不剃长须。"八·一五"日本天皇发布投降诏书，而先生则于其前四日从可靠渠道获取此消息。惊雷贯耳，立即剃须，以庆胜利。

冷飕飕洋刀出鞘，乱哄哄炮震长桥。云沉沉苍天似老，野茫茫去路迢迢；雨淋淋遍洒昆明道，风萧萧鬓髯已飘飘。　　（带）含烟斗幽恨怎烟消，蓄长须正气卷长袍。盼明朝翘首明朝，梦滔滔黄水滔滔。降妖，磨我剃须刀，满面春风笑。

［集曲·宣和折桂］美哉散曲

［庆宣和］如此天然似此娇，对景魂销。［折桂令］漫山红羞煞樱桃。俗美花招，俏美风骚，韵美神摇。［小梁州］鬓发上插一枝黄花更好，唱曲儿笑歪了渔樵。［庆宣和］戏罢元朝乐今朝，瑰宝，瑰宝！

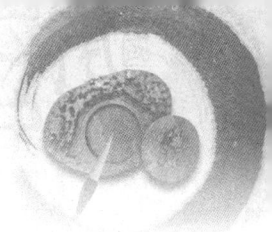

尹昶发 1938 年 4 月生，山西临猗人，山西省监狱管理局退休干部，三级警监，副研究员。中华诗词学会、山西省书法家协会、山西省作家协会会员。山西诗词学会副秘书长，唐槐诗社社长，虹巢书画院副院长，《当代散曲》副主编。著有《郇风庐诗存》、《山西监狱史话》等。

闻中央发布文化强国决定

京华逢盛会，四海荡纶音。
枢府一席话，骚坛万里心。
神州张国粹，禹甸动高吟。
再谱和谐曲，笙歌入景深。

登跻汾桥

雨洗中秋夜，人歌晋水滨。
环桥金凤翥，匝地玉龙巡。
远岫楼如挂，碧波漾似鳞。
今宵光正满，照我画中人。

农家乐餐馆

野树山花绕短墙，村姑家嫂入厨忙。

葡萄架下夸肴美，玛瑙泉边赞酒香。

煮就红苕凭客选，摘来鲜豆任君尝。

游人散去相商计，再建三间大瓦房。

庚寅正月初七老父以九十四高龄仙逝

今夜寿星出紫垣，御风驾鹤向西天。

金莲朵朵凌空绽，玉鼓频频广宇传。

四海佛仙齐拜见，三千雏凤俱骈阗。

冲天焰火祥云上，万仞条山仰目看。

七十初度

五十三年濡沫缘，一衣一饭总相怜。

青梅竹马痴儿女，举案齐眉古圣贤。

湘水涟涟春韵暖，金沙漠漠朔飙寒。

并州更喜夕阳好，相伴相扶乐永年。

贺戴老《正气歌》第四集出版

清华学子气凌天，一路高歌入旧关。
绘就宏图酬禹甸，拼将热血献家山。
勇攀乱世磽磳路，喜赋尧天锦绣篇。
血汗凝成诗四卷，耄年不老再加鞭。

八百壮士歌（并序）

1939 年夏，日军向中条山地区发起"扫荡"，当地驻军 177 师奋起还击。6 月 6 日，该部新兵团 1000 余官兵中 200 余人壮烈牺牲，其余 800 名壮士被围于黄河岸边 180 米高之悬崖上，他们宁死不降，纵身跳进滚滚的黄河之中……

巍巍中条山，其势欲奔天。绵延数百里，横亘古今间。耸为大地脊，昆仑可比肩。哺育英雄辈，屈指逾万千。一九三九夏，日寇犯晋南。烧杀奸淫抢，乡亲苦不堪。热血男子汉，踊跃把军参。组成新军旅，鏖战黄河滩。刀舞锋刃卷，弹飞枪膛燃。拼死杀倭贼，鲜血污衣衫。惜乎贼势众，重重突围难。弹尽粮亦绝，困守登绝岩。大河怒涛急，悬崖夜风寒。恶狼嚎崖下，逼降声声传。壮士心如铁，英雄志弥坚。堂堂炎黄胄，岂容膻腥沾。宁死不屈服，慷慨薄云天。八百英雄汉，跪拜父老前。再过二十载，又是一健男。重把刀枪举，杀贼保家园。言罢手挽手，犹似钢铁连。飞身向缥缈，似蝶舞翩跹。扑向母怀去，从此无挂牵。河水声呜咽，无言恨苍天。条峰耸长剑，欲把穹窿穿。还我壮士魂，还我好江山。国有精英在，何惧妖氛还。神州如磐固，中华歌永年。

水调歌头·建党九秩颂

九秩瞬间过，回首话沧桑。笑迎万里春风、无处不花香。遥想罗霄旗举，曾点南昌烽火，延水涌湍长。踏遍崎岖路，壮志向朝阳。　　倭寇除，山河固，五星扬。血滋镰斧、农工携手建新邦。莫道升平歌舞，力戒骄奢贪腐，不教掩华光。历览前朝事，掩卷叹兴亡。

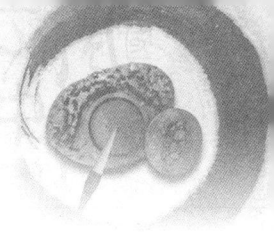

满江红·辛亥百年祭

大浪淘沙，百年里、峥嵘岁月。倩谁数、或为龙蛟，或为鱼鳖。武昌城头烽火起，金銮殿上皇冠跌。共和梦、于兹喜成真，千秋业。　　袁张耻，营宫阙。蒋阎斗，争权烈。又倭侵国土，金瓯残裂。亿万农工齐奋起，千年古国翻新页。看今朝、万里春阳娇，同欢悦。

三哭某官(自由曲)

[老婆哭] 死鬼啊！从前我整天咒你死，只恨你丧了良心忘了妻，夜不归宿恋小蜜。不成想你一跤跌倒再也爬不起，犯了死罪命归西。而今你两腿一蹬双眼闭，看哪个妖精还来给你烧寒衣？还是咱结发夫妻有情意，年年到你坟前哭啼啼。谁让你蛇吞大象不知足，敛下钱财万千计，何曾带到阴曹地府里？可叹你黄粱美梦终成虚，可怜我孤儿寡母好惨凄，走到人前把头低，丢人现眼受委屈。呜呼，我的我呀，你的苦命的妻！

[下属哭]哭了一声老上级，趁天黑我才敢到你坟头看看你。你卖给我的这把金交椅，屁股还没坐热哩，千万不能让人发现咱俩的黑关系。下属为了报答你，今天给你带来几件好东西，你也好在阴间再过纸醉金迷的好日子。轿车、别墅和小蜜，虽然都是纸糊的，本来就是哄鬼哩，也算下属一点小意思。惟伏尚飨，吁嘘!

[上司哭]下属哭罢上司啼，哭来哭去还是为自己。老弟呀，只因你溜须拍马有本事，坐地分赃讲义气，也是我慧眼识珠看中了你，一步步拉扯你登上了高位子。不曾想你胆子太大性太急，恨不得一口吞下个金马驹。你可别怪我不保你，我也是泥菩萨过河成了一摊烂稀泥，怕只怕东窗事发吃官司，难免断头台上挨刀子。一旦老兄出了事，还望老弟在阴间为老兄找个好位子，咱哥俩在阴间还是狼狈为奸的老伙计。千万，千万，噫哦!

郭郅都　1938 年生，山西省政府退休干部。山西诗词学会唐槐诗社社员，著有《郭郅都诗选》。

小园初春

南园小舍土围墙，一井封闲两杏旁。
少小不知春何在，揭沙笑指草芽黄。

迎 春 花

藏根冻土间，枝干傲霜天。
草木知春早，花开尔最先。

丁　香

青枝绿叶色初匀，花绽春茎满院伸。
未待亲朋来敬酒，浓香入舍已迷人。

寄情周柏

风云历尽几千年，故事如珠满串连。
虎背龙腰还劲挺，新枝努嫩耀明天。

周　　日

天低细雨流，秽水满街头。
伞动花千朵，笛鸣怨路稠。

颂伟人孙中山先生

内忧外患肆无休，天地悠悠满怨愁。
拯救中华呼正义，驱除胡虏选精优。
追求志远多疲累，合作途通好运筹。
不变坚贞生死鹜，反封联共唱风流。

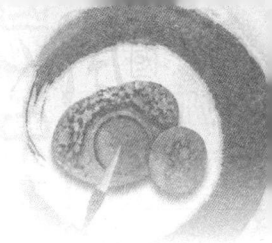

永济铁牛

黄河自古汛无常，百姓逢期必遭殃。
铁铸神牛驱水患，威扬瑰宝辅新唐。
一朝盛世书间觅，千载文明土下藏。
时有开天今胜古，惊雷一现又重光。

汾河公园

一桥拱起架西东，两岸园林映碧空。
绿水畅流抒远志，碧涛涌起舞长龙。
仁人笔墨芳千古，壮士丹青绘彩虹。
笑脸时装迎日出，汾园亮美蕴神工。

过八仙渡海口

殿宇嵯峨曲径幽，岩峰远眺水横流。
奇召林境先天造，碧海云峰尽兴游。
山水相拥间隐患，惊奇挥映瞻雄鸥。
仙迹胜境和谐美，万莫求仙打此由。

李金玉　字瑞桂、思齐，号玉泉山人，1940年2月生，山西太原人。山西大学中文系毕业，一生从教，高级教师。中华诗词学会、山西诗词学会、山西省作家协会、山西省书法家协会、太原教育老专家协会会员。唐槐诗社副社长，《唐槐吟苑》副主编。著有《中国金题在线》（合著）、《李金玉诗文选》（六卷）、《玉桥集》，主编《岁月流金》。

全国新田园诗词大赛参评感赋

古韵新风扑面来，流花飞瀑壮胸开。
南袁金稻香天外，北寨银河润晋腮。
柳燕迷楼寻故主，村姑上网做红媒。
抛珠洒玉情难抑，轻采诗虹焕擂台。

沉 江 祭

五月端阳品粽时，神州追梦屈原姿。
风烟欲起忧荆室，忠信而遭没楚漪。
湘竹雨吹千滴泪，泪魂血染万家帷。

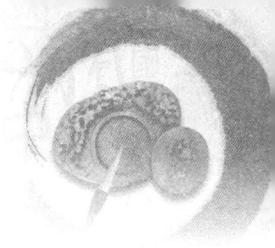

离骚代代江头诵，共酹狂涛望日曦。

黄　河

九曲黄河万里来，奔腾入海不言回。
遇礁敢激千重浪，纳水开张一抱怀。
情育英豪呈碧血，心裁风雪化春梅。
无私奉献中华爱，天瀑如琴扬凤台。

蝴蝶兰花

幽兰空谷倍增荣，春到敷花蝴蝶情。
袅袅荷蜓难比翼，清清风管总扬声。
浅红浅紫潜香送，微醨微孽惟尔惊。
娇女摇姿今叠影，似仙天外忽飞庭。

蝶恋花·荷花赞

碧玉澄澄浮水面，漾漾清风，摇动银珠溅。拨翠
回眸轻勿唤，神然雅似瑶池见。　　濯淖自疏芳志远，

屈子史迁，光耀千秋殿。一代伟人廉洁范，消尘刈秽花才艳。

鹧鸪天·放舟白洋淀

轧轧轮机破浪行，红荷飞碧两相迎。渔姑一曲歌翎雁，恰似穿云裂帛声。　　追往昔，忆峥嵘，满天风雨满天兵。湖中捉"鳖"盘中就，笑谈今朝万里晴。

朝中措·晋祠诗词咏唱会写意

悠悠弦上弄焦琴，难老觅知音。桐叶古华今茂，芳芬咏世流金。　　鹅童牧晓，渔舟唱晚，霞幔轻临。引得兰亭诗会，吟箫抚浪飞斟。

虞美人·校园颂

香园花绽知多少？桃李开怀笑。迎蜂唤蝶闹春风，毓秀千千尧地又飞虹。　　年泽润林泽枝俏，汾畔书楼晓；融今汲古耀金秋，尽道芸台无树不风流。

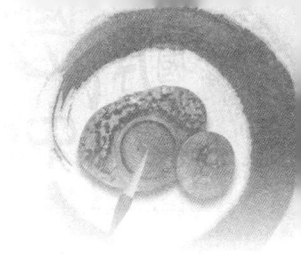

行香子·阳朔小城游趣

树绕澄塘，街溢古香。石桥横，倒映瑶廊。近山簇起，远望漓江：数游艇密，游商异，外来腔。

人人靓丽，铺铺琳琅。恋离城，不见同乡。千呼万唤，月出东墙。笑彩花灯，彩花帜，夜来香！

一剪梅·春游三亚

梦现阳春三亚浓，叶翠萝菘，花艳木榕，芭蕉雨岸翠抚红，轮渡匆匆，客喜匆匆。　椰海临崖起晚风，浪激欢容，浪退娇容。魂销夜港月下逢，声漾霓虹，波漾霓虹。

黄文新 字化民，别署黄文辛，1940年2月生，河北乐亭人。大学学历，副教授职称。中华诗词学会会员、山西诗词学会常务理事、山西省作家协会会员、山西省书法家协会会员，虹巢书画院副院长、唐槐诗社副社长，《唐槐吟苑》主编。著有《卧风楼诗稿》、《棠棣之花》等。

咏　蚕

不厌餐餐桑叶青，涌泉相报献绡绫。

春蚕丝尽原非死，金蛹身僵却是生。

关闭茧房圆美梦，突开自缚展华旌。

蕃传后代千千万，全似银河织女星。

思念海军

身落太行雄岳间，梦中总在大龙湾。

出门唯见山掀浪，闭目常思浪涌天。

淡积云头操杆舵，葫芦岛上献芝兰。

人因无憾常怀旧，海为多情泪眼潸。

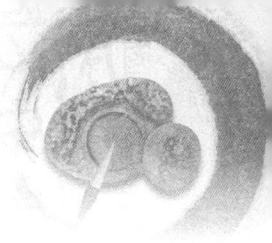

黄河老牛湾

大河湾上久徘徊，身后巍巍烽火台。
浊浪朝天呼古堡，残楼倒影醉新醅。
长城黄水相携手，峭壁和风互贴腮。
高喊一声何满子，千山回应滚春雷。

最美妈妈

辛卯仲夏，杭州 80 后年轻母亲吴菊萍徒手接抱
10 楼坠楼幼童，左臂骨折，妞妞得救，网络传为佳
话，盛赞"最美妈妈"。

小妞逐鸟欲翔天，倩女毅然扶倒悬。
踢掉高跟身更稳，伸开双臂志弥坚。
幼童得救欣花放，玉骨蒙伤换月圆。
最美妈妈惊世界，无疆大爱捧心间。

象牙戒指歌

又是黄花含笑时，游人情侣献芳枝；象牙戒指茔中耀，高石碑前寻旧诗。君宇评梅游辟地，陶然亭畔留遗迹。黎明前暗闪光华，指点江山伸大义。叱咤风云怀九州，雄才大略满红楼；大钊左右一支笔，襄佐中山苦运筹。天下雄男才女伴，文侠铁笔挥云汉；同乡会上得初交，一见钟情生好感。红叶题诗传友情，谦辞叶背有回声，高君不解其中意，暂锁匣中期再盟。石本深闺淑秀女，负笈荷笔求真理；愁城苦海缚难逃，求济投书问君宇。君宇回函思考深，欲消病痛要除根；何时社会无虚伪，人世悲哀俱火焚。思辩深沉谈至理，渡人救国需同举。迷津幸遇渡头船，偶像一尊心目立。为避捕搜沪粤行，宇梅联系赖飞鸿。两枚牙戒店中购，遥寄一只向北京。似雪如冰精刻镂，天涯海角手牵手；清纯洁白寄相思，革命征程并肩走。夜色茫茫天更寒，旅途艰险互扶搀。指环虽冷心如火，重任在肩志更坚。连日积劳君宇病，评梅医院亲陪奉，偷偷落泪眼哭红，恨不替他蒙剧痛。手术未成失栋梁，协和无奈小盲肠。

撕肝裂肺唤君宇，地陷天塌悲早殇。杀向敌群揭黑暗，
继承遗志笔为剑。泪河冲垮旧城垣，一曲壮歌扬天半。
宝剑刺穿阴地狱，火花划破暗昏天；彗星迅疾破樊篱，
闪电倏忽警世间。正气浩然冲霄汉，评梅勇猛披荆战。
悲伤激愤少安眠，忽患脑炎随宇伴。西望家乡汾水流，
岸边土冢雁之丘，殉情双雁寻幽处，重现陶亭是何由？
冰雪爱情凄楚楚，象牙戒指入黄土，评梅君宇化为蝶，
万代千秋且曼舞。

　　注：高君宇（1896—1925）山西静乐（今娄烦）
人，中国共产党早期党员之一。石评梅（1902—1928）
山西平定人，20世纪20年代中国著名女作家、诗人，
高君宇情侣。

黄河壶口瀑布

　　万里驰驱万壑穿，失蹄群马落深渊。
　　只听裂地惊雷吼，卷起雄风又向前。

向 日 葵

沃野茫茫似键盘，黄金打造鼠标圆。

蓝天屏幕随心点，牵动太阳兜大圈。

核 桃

绿装脱尽骨嶙峋，满脸坑洼布皱纹。

愿为好人增智慧，粉身碎骨便成仁。

水龙吟·中秋思亲咏杖

衰年懒过清秋，更加连降潇潇雨。云遮雾罩，风
摇叶落，怀愁思母。历尽贫寒，相夫教子，一生劳苦。
恨阴阳割断，唯凭龙杖，夜夜思，天天拄。　　姥姥
原为物主，历三代，风云目睹：反封辛亥，救亡抗战，
狮醒龙舞。化险为夷，祛邪扶正，质坚如杵。看三桩
稳立，行能给力，举能驱虎。

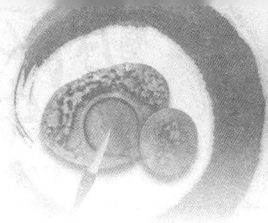

［双调·水仙子］读杜甫《八阵图》怀古

　　望长江竟遇乱石滩，观八阵偏登诸葛山。忆烽烟三国英雄汉。入神机妙算湾，当年陆逊回幡。借两声惊涛拍岸，喊一嗓渔舟唱晚，瞻千年诗圣扬帆。

王东满 男，1940 年生，山西长治人。享受国家特殊津贴。原任山西省文联副主席，省电影家协会主席，文学院副院长等职。系中国作家协会会员，电影家协会理事，山西老文学艺术家协会主席，山西作家书画院院长，《文坛春秋》主编，山西诗词学会顾问，唐槐诗社顾问，名誉主编。著有《王东满文集》10卷，长篇纪实文学《姚奠中》、《怀萱堂诗稿》。

海泳即兴

休假又来北戴河，风光殊异昨时多。

海边唯有淘沙浪，依旧纵情唱老歌。

鹰角岩读毛泽东《浪淘沙·北戴河》即兴

伟人观海处，我辈共登临。

悦性滔天浪，怡情碣石吟。

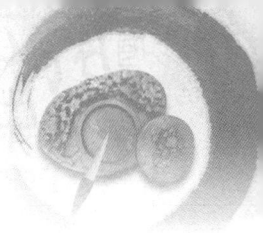

碣石山怀古

登高观海浪，俯仰读碑铭。
咏志追魏武，述怀藉晚风。

海上游即兴

碧海茫茫不染尘，劲风荡涤我身心。
满头华发冲天舞，一片汪洋抖袖襟。

联峰山寻望林某别墅

深山古寺钟声远，滨海危岩日照云。
一片粉墙浮翠谷，伊人何处去安魂。

老龙头感怀

万里雄关一望收，龙年又上老龙头。
岁逢龙值海难晏，叹我中华多事秋。

登"天下第一关"望长城即兴

始皇无道骂名隆，成就千秋不世功。
伟业从来血泪铸，长城今日倍尊崇。

海边赏月赠崔韩二兄

壬辰八月，携妻于北戴河"创作之家"度假，适
逢中秋佳节，同韩玉峰、崔志远二兄并其夫人至海边
赏月。是夜，天气晴朗，皓月当空，海风轻柔，甚是
快意。

夏都度假适中秋，赏月海边如梦游。
皓魄经天人共仰，浮光掠影涛声柔。
今宵幸会赖缘分，他日何方忆旧俦。
浪迹人生无定数，以诗代酒祝君寿。

赠大家陈巨锁学兄

独步书坛成大家，文章老道展风华。

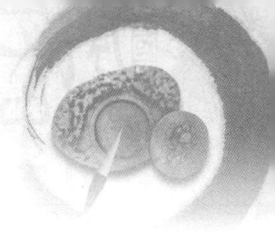

身无媚骨笔行健，襟有高情神韵佳。

翰墨赖由学养润，功夫岂止砚磨痂。

蛰居小邑远尘嚣，腕底仪光及海涯。

悼念田东照兄

惊闻东照兄猝然仙逝，不胜痛惜，有此一律以寄哀悼之情。

笔舞长河转大弯，南华门里襄文权。

守真翰骋藻芬永，抱恙躬耕意气酣。

规谏跑官笔似杖，讥刺贪贿文如鞭。

桑榆晚景正逢运，何事匆匆驾鹤还。

郭述鲁 1940 年生，山西汾阳人，高级政工师。中华诗词学会会员，《难老泉声》、《当代散曲》副主编。唐风诗社副社长，著有《自珍诗词》、《求索集》、《履迹诗痕》、《碧野痴吟》合著《唐风三友集》，主编《春催桃李》第三集。

袁 隆 平

爱心甘向绿中求，欲解民生与国忧。
一自培成杂交稻，亿万斯民展眉头。

竹枝词·乡间拾趣三阕

一

儿女双双去打工，爷娘看守两孙童。
老来难得轻闲日，十处乡村九处同。

二

进城父辈建高楼，为取微薪甘作牛。
稚子居家无所事，和泥剪纸学装修。

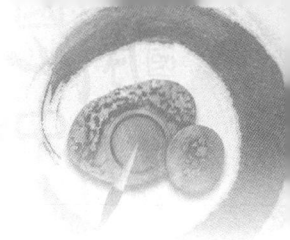

三

年终送暖访孤翁，抬面提油入户行。
黄犬似谙来者意，汪汪摇尾作欢迎。

［仙吕·一半儿］淘气的小外孙

一提作业总心烦，得便荧屏使劲看。娘问开机为哪般？急忙关，一半儿贪玩一半儿懒。

［中吕·山坡羊］谱支小曲唱麟游

青山流瀑，长川飞鹜，田肥水美宜居住。建离宫，作陪都，帝王妃子逍遥处。今日黎民做了主。敲，安塞鼓；看，莺燕舞。

［正宫·塞鸿秋］曲唱安泽

春光撒满祥和地，连翘尽吐芬芳气；秋临枫叶柔情寄，山环沁水风云异。蝶蜂禾垄飞，莺燕晴空戏，斯民正展鲲鹏翼。

［中吕·十二月带过尧民歌］听斗嘴（二首）

早年乡间听斗嘴

腊月里围炉过冬，看窗外雪白梅红。老白干三杯下肚，四五人比谝争雄。连吹带蒙，地上天空。（过）"肥猪驮我下辽东"，"鸡蛋开花用针缝"，"老婆骂我最光荣"，"茅屋三间赛皇宫"。人穷，人穷未必情亦穷，曲韵追唐宋。

今日乡间听斗嘴

天地变春藏腊冬，几老汉素髯垂胸。虽说是残阳暮松，可谁知侃兴犹浓。只不过茶替酒盅，谝起来仍似顽童。（过）"我家网站早开通"，"俺赁飞机逛长空"，"神舟载我访蟾宫"，"美国人借债求咱补窟窿"。争雄，争雄，心情已不同，化作尧天颂。

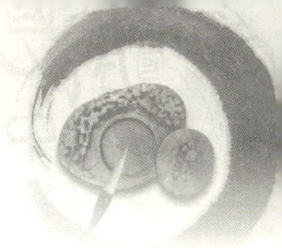

雷固生　1941年生，山西运城人。山西省总工会干部学校退休干部，副教授职称。系山西诗词学会唐槐诗社社员。有多首诗词发表于《唐槐吟苑》等刊物。

赞环卫工

星辰闪烁月光明，除尽污尘洒满情。
风雨雪霜无阻挡，文明城市载君名。

赞邮递员

竟日专车赶路忙，风吹日晒谊情长。
报刊书信投千户，笑语欢歌送八方。

春游并州水域·次韵白居易《钱塘湖春行》

并州水域布城西，树影婆娑花草低。
似镜清波映美景，如毡绿草远稀泥。
高云爽气真开眼，广厦舒居当奋蹄。
雨水到来阳气足，合家潇洒逛春堤。

高履成 1942 年生，山西太原人，祖籍山西祁县。武汉工学院专科毕业，1961 年参军，1963 年复员。中化二公司退休职工。山西诗词学会副会长，太原诗词学会副会长。2003 年秋参与筹划组建唐槐诗社曾任副社长。2005 年组建唐踪诗社，任社长。主编《诗踪曲渊》、《中华散曲》、《拾萃集》等系列丛书 20 余种。著有《昭余存韵》。

读《咏怀五百字》赠戴云蒸吟长（二首）

几见人能八十时，风骚太极两由之。
眉横燕赵豪侠气，寿祝并州松鹤姿。
窗外风云长入梦，阶前冷暖总随诗。
齐齐列阵扬新令，站立唐槐执韵旗。

琪树琼楼尽可攀，腰中佩剑过邯郸。
鹏程有路日初暖，红袖添香夜却寒。
离校欢歌完学业，入关好览晋河山。
老来误入迷魂阵，直陷诗潭拽不还。

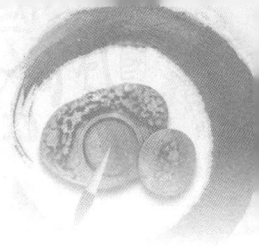

遥寄任锦犟吟兄

天庭笔会名家少，蟾宫桂府速点卯。龙城寻得我锦犟，腰揣三艺诗画裱。传真电讯催来急，不管丙戌正人日。红绒幕开掌声起，救场如火误不得。锣鼓声声紫瑞开，已闻仙乐阵阵来。呜呼哉！锦犟先行当无憾，诗友相继必鱼贯。每忆西窗话不完，人生得一知己难。墨艺苑逢老非迟，还童有术是谈诗。每言韵事现天真，谁信多是古稀人。断须推敲乐与苦，个中三味谁去数。复始冬夏与春秋，夜继日续几时休。老年大学书画班，班事杂务一肩担。山纺执教不辞劳，敢叫翁媪学挥毫。来去全靠一连蹬，性贵诚实事贵勤。往事历历挥不去，风尘仆仆颜如故。时不三日总相见，奈何临行未谋面。凌霄来去路非遥，常疑门外有人敲。总恨夜短拂晨晖，依稀梦里泪已垂。我送任兄当走好，相伴诗友知多少。我告任兄应动容，诗坛又迎一年春。我闻任兄笔不停，唐渊活动更频频。我为任兄报好音，学画更显奋和精。行前留得书画稿，不日付梓即可好。噫哦哉！欲借强弓射云天，假我锦犟一两年。书画成集诗成册，研讨会后醉一乐。好事与愿总相违，此番离去几能归。松标劲节多招鹤，鹊报芳春正登梅。

[正宫·脱布衫带过小梁州] 墨艺苑谈诗会杂记

[脱布衫] 珠林园会散多年，犯痴呆梦绕魂牵，喜相约来这墨艺苑，急收拾断残卷。

[小梁州] 别来无恙早拱拳，依旧翩翩，轻风退暑绿荫遮喧，繁华远，看虹罩喷泉，水吞云天。

[幺篇] 句句是诤言，直语难招怨，近天涯，韵兴无边，前世有缘，换来高见，天也随人便，这半日活脱是神仙。

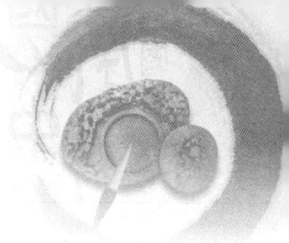

宋天松 1942 年生，山西晋城泽州人，北京林学院毕业，著有《绿色礼赞》、《生态千字文》。

吟 诗 行
——庆祝唐槐诗社成立十周年

唐槐吟苑十年丰，万首浩歌唱大风。
诗企联姻天地阔，诗书结合意兴浓。
评刊评出精才世，引凤引来靓彩虹。
喜得东风吹万里，诗情写满绿苍穹。

晨 练

一

晨练踏绒大雪纷，前头黑影铁锹抡。
行人只恐路滑倒，老妪五更便动身。

二

东方欲晓日将临，步履轻盈诗慢吟。
女子弯腰捡何物，纸包狗粪入松林。

黄文中 1942 年 3 月生，河北乐亭人。1961 年入伍，服役于 21 军，曾任排长、干事、宣传股长等职。转业后任太原市塑料公司组织部部长、塑料一厂党委副书记。现为中华诗词学会会员，曾任唐槐诗社秘书长，著有《桑榆拾萃》、《棠棣诗花》等。

重阳节偕文华弟
及侄女登柳州伏波山（新声韵）

青篁作杖助登攀，一步一嘘举足艰。
草恋花迎三百磴，莺飞蝶舞二十弯。
彩霞闪闪穿薄雾，白发飘飘映碧天。
山外青山何壮阔，葱茏顶上尽奇观。

祥云飘上珠穆朗玛峰

祥云牵夙梦，传递百年情。
脚踏千层雪，肩齐万颗星。
攀崖临险壑，信步走闲庭。
圣火珠峰熠，扎西德勒声。

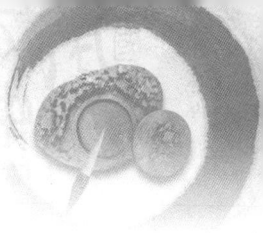

唐槐诗社成立三周年感赋

桃园寻趣遇唐槐，短调长歌引我来。

老嗓学吟添底韵，良师领唱壮情怀。

几多翰墨宵光洒，散句拙章曙色开。

又是一年秋景好，新苗挺秀谢栽培。

兵 之 歌

也曾绿色壮军营，每忆军旗浩气增。

打靶归来歌不断，野营出发雨兼程。

餐风宿露山河壮，卧雪爬冰草木宁。

八秩军魂犹未老，战歌开口不离兵。

注：为纪念中国人民解放军建军80周年而作。

临江仙·忆野营拉练渡黄河

西北高厚霜露冷，黄流浊浪呼号。急行遇阻战狂涛。飓风摧水立，勇士似龙蛟。　　对岸将军飘白发，

亲临观场酬劳。带头唱起大河谣。驱寒须痛饮，号响马萧萧。

注：将军指原兰州军区司令员皮定均。

纪念中国共产党建党九十周年

风雨兼程九十春，功勋卓著世人钦。

东方崛起新中国，国际推崇马列真。

三代精英兴社稷，九州乐土献金银。

民丰物阜小康日，华夏腾飞颂党恩。

沁园春·乐亭抒怀

渤海之滨，璀璨明珠，魅力桃乡。看悠悠滦水，清波柔浪；鲜蔬瓜果，百里飘香。宁静海湾，鸥翔碧水，百舸扬帆破浪航。春光媚，正桃花绽放，缕缕霞光。　　峥嵘岁月煌煌，孤竹国，英杰代代强。仰大钊故里，忠魂铁魄；科学院士，治国栋梁。唐港欢腾，曹妃舒袖，滨海新城迎曙光。逢盛世，喜三枝花艳，曲颂康庄。

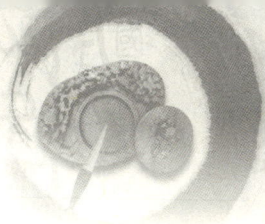

谢赵愚先生赠《卉芥集》

多谢先生锦绣章，煌煌两卷饱诗肠。

耕耘惠我及时雨，卉芥催春遍地芳。

深谷桃花霞万缕，青峦野菊靥千张。

躬耕不负园丁意，立雪槐林袖带香。

[双调·雁儿落带得胜令]
游乌金山国家森林公园

雁鸣红叶林，车绕登千仞。沿途遍野菊，满谷松涛劲。（带）峰塔沐朝暾，圣水九龙分。神话传三晋，景观招四邻。乌金，故地新风韵；香醇，悠悠送福音。

王志泉 1942 年生，山西太原人，在太钢工作 30 年，退休后加入唐槐诗社。

欢庆甲申元宵并有幸加入唐槐诗社有感

一从名埠落唐明，歇浦无依老此生。
数十春秋钢铁战，十三寒暑病魔萦。
嶙峋衰体愁中度，萧瑟残年黯里撑。
戴老引吾步吟社，东风柳绿又新程。

太钢七十周年颂

汾畔熊熊七十年，草坪郁郁正芳妍。
旺销盛产豪情溢，朝炼暮轧战意酣。
济济人才灵秀地，堆堆不锈宝珍山。
并州铁水流天下，古晋钢梁擎万千。

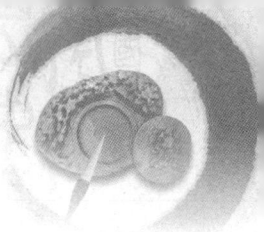

中央电视台报导
山西焦炭超八千万吨有感

　　晋焦年产八千万，突破亿关在望中。且看且思情郁郁，亦惊亦喜虑重重。遥瞻今日洪洞景，犹记当年孝义行。平坦通衢多坑洼，白天开车灯须明。参军青年不合格，四野葱茏易惨容。县长长思拍案起，一声号令土炉平。光阴荏苒廿年逝，孝义烟尘复赵城。毒雾平阳大地黯，尘覆吕梁鸟哀鸣。叶萎穗秕麦色变，人病囊空吐怨声。窑主进金擎美酒，黎民困顿盼朗空。沪上游子寓三晋，焦化营生度半生。多少喜悦多少憾，心潮起伏意难平。但祈主事谋良策，助长揠苗岂正经。

悼赵鼎新君

君书我至爱，言语恳而忱。

嫉恶目光锐，才高笔力深。

虽云未谋面，见字即倾心。

夫子仙乡去，难闻金玉音。

史文山　1943 年生，山西沁源人。1967 年毕业于山西大学，退休前为太原理工大学副教授。系中国楹联学会、中华诗词学会会员；山西诗词学会、太原市楹联家协会常务理事。

讽 祈 雨

久旱多年少粒收，村庄处处溢春愁。
山头新建龙王庙，乡长亲临剪彩绸。

田头即景

村姑俊俏绾红巾，割罢秋禾理素裙。
饮啜山泉轻润嗓，柳阴下面念英文。

登岳麓山

碧嶂屏开气势雄，长沙秀色聚高峰。
名茔肃穆添英气，古寺恢宏向野风。
石隙流泉招白鹤，幽亭爱晚对红枫。

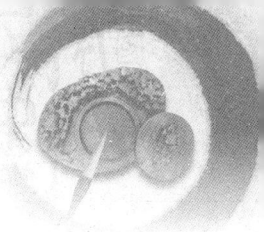

争鸣丽鸟迎游客，惬意神思锦画中。

咏鹳雀楼

千载名扬鹳雀楼，欣逢盛世矗田畴。
雄居三省风烟汇，俯瞰一河天际流。
斗角飞檐迎曙色，雕梁画栋耀汀洲。
登高晓悟人生理，眼底风光不胜收。

纪念改革开放三十年

长河卷浪荡泥沙，举国云开景气嘉。
野壑穷山除薜荔，脊田荒漠种桑麻。
五湖映照千秋月，六合亲和万里霞。
碧玉明珠光满路，神州遍地绽鲜花。

纪念邓小平百年诞辰

抱定兴邦志，男儿气纵横。沙场缚恶虎，战海制巨鲸。夺鼎迎旭日，清墟展亮旌。功成不自恃，摸索

扣前程。蛰居思国运，再起拨乱萍。革故欣呈案，翻
新敢建瓴。论断惊寰宇，巡行解冻冰。百年沿一线，
三步上高层。且看小康日，神州驻永恒。大旗飘猎猎，
宏愿后人承。

法曲献仙音·奥运会开幕式感怀

　　碧宇朦胧，鸟巢呈彩，光映神奇长卷。古韵今声，
奏　传天籁，恢宏文化悠远。气派大、阵容壮，赢来
共惊叹。美轮奂，伴秋风、引人怀感。　　百年梦、
换了烟花笑脸。天地闪繁星，颂中华，情绪难敛。屏
气倾听，喝彩雷声，赞当今、国力雄展。惹心潮澎湃，
赋予祥云燃点。

水龙吟·南湖船记忆

　　水天相接南湖，飘摇风雨谁曾记？当年酷暑，微
波不起，精英聚会。夜雾茫茫，盼明灯举，照天耀地。
共遵循马列，点燃星火，传南北、城乡里。　　从此
农潮工运，伴呼声、云涛飞起。多年苦斗，江河掀浪，

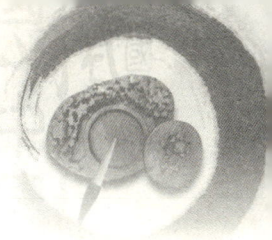

路铺血渍。经典承传，勇开新路，红旗扬冀。赞中枢几代，朝天高步，画云霞蔚。

[双调·百字折桂令]
瞻阳泉狮脑山百团大战纪念碑

遥遥瞻狮脑山高耸似脊梁，矗立丰碑，巨剑刺穹苍。偕罡风挽了白云气宇轩昂，感天动地挺拔刚强，安然而坐似尽情观赏山下风光。耳际忽传枪炮响眼前又摆战场。八路百团歼日寇如同猛虎儿郎。觉群山助威，倒海翻江，再现当年鏖战，赞英雄斗志昂扬。

[双调·水仙子] 街头盲人演奏乞钱

河南坠子调悠扬，两个盲人面色黄，乞钱纸盒身前放。衣衫旧又脏，无声无语求帮。行人过频相望，有几个躲得忙，谁晓得心内凄凉。

郭　云　1943 年 1 月生，北京市人（祖籍山西），高级政工师，中华诗词学会、山西诗词学会会员，现任中华当代文学学会副会长、中华当代文学学会诗词研究会副会长，《诗词世界》杂志社主编。全球汉诗总会北京联络处顾问，著有《竹风吟稿》，主编《百家诗词精选》等。

温祥先生书斋与并诸诗友相聚呈温老

寻诗觅句踏春来，谋面心思且莫猜。
师友情凝汾水岸，并州客染杏花腮。
满堂浓墨书香气，一苑芳枝珠玉才。
温老倚轮神焕发，拳拳桃李共吟台。

谢尹昶发先生赠我条幅

情真意切走蛇龙，挥洒羊毫若剑锋。
玉墨三春惠诗友，文房四宝吐清风。

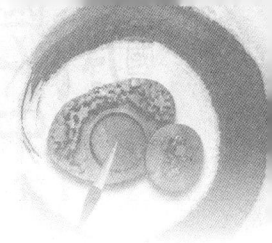

浣溪沙·读《朵梅集》赠梅琴吟友

玉朵奇葩轻傲霜，万丛凋落自芬芳。杏花岭上试新妆。　　听似易安吟古韵，猜疑箫笛奏霓裳，瑶台泉水润天香。

读《青衫斋吟草》赠四喜君

吟草洋洋格调高，扬清荡腐掇秋毫。
许身只为黎元事，风骨拼将成玉雕。

读希仁兄《濮风斋诗草》感赠二首

一

濮风妙笔自生光，淡墨清馨放远香。
丽卷华章吐肝胆，老兵成就著书郎。

二

荡浊扬清主意真，镶珠藏玉酿精神。
为争百姓秋毫利，痛斥官商弄鬼人。

中秋夜寄文山兄

秋风秋雨净情怀，远看山衔好月来。
欲借婵娟光一缕，助君登上凤凰台。

赠时新吟弟

玑珠翡翠合炉烧，松竹枝头火焰高。
一卷诗文山水墨，千般手笔铁狼毫。
柳溪慷慨昌骚韵，吟雪微言壮帝尧。
玉帛蛇龙腾八极，汉唐风雅看今朝。

谢翔臣吟长并步《石榴园访郭云》韵

华年流水过，暮岁老愚商。
秋实亏三斗，金鳞少半塘。
人生格为重，友谊日方长。
抛却功名欲，清真胸底藏。

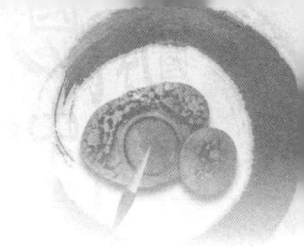

夜宿珏山

晚霞山影黯，灯火接天明。
丹水霓虹色，禅林瑞气清。
寺僧皆打坐，远客各抒情。
飒飒窗前叶，微微入耳鸣。

朱生和　1943 年生，山西五台人，中国人民大学本科，教授级高级工程师。中华诗词学会、山西省作家协会、山西省书法家协会、山西省美术家协会会员；中华诗词文化研究所研究员；山西诗词学会副会长，诗词馆主任。山西散曲研究会副会长、《中华散曲》副主编。唐明诗社社长，《唐明诗苑》总编。著有《中国奥运冠军礼赞》、《散曲作品选集》。

喜庆唐槐诗社十周岁

迎泽东来汾水西，新塘得泛十年漪。
一坛领唱千人聚，三晋风流一树奇。
老大劈山先筑路，唐明挚友后开旗。
槐花满苑飘香至，喜步联绵鸿爪泥。

血　训

安全责任口头抓，事故频发震远涯。
火势冲天浓烟卷，物毁人亡泪又洒。
明珠粒粒成尘土，金粟囤囤黑血遮。

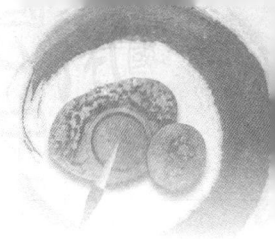

法纪问责落实处，环环紧扣事故刹。

"神十"飞天

问阁送君天迎宾，九州沸腾共欢欣。
中枢字字震寰宇，航员铮铮圆梦真。
五征载人攻高技，亿人聚神听佳音。
众贤担险开通道，我辈外星当居民。

赏汾河公园夜景

彩色火光震眼球，老幼逶迤满志踌。
重建六景装阔亮，宾迎五洲华霓优。
光喷连星太空火，脚踩碧波连地丘。
火箭喷泉登上月，吴刚捧酒乐天游。

郭贵忠 1943 年 10 月生，山西盂县人，省农业厅退休干部，山西诗词学会会员，唐槐诗社社员。著有《思维之歌》。

党 颂 （新声韵）

忆起南湖水，划开破浪船。

换天民掌印，改策富登坛。

科技兴宏业，和谐建乐园。

丰功超万代，日子数今甜。

忆 母 （新声韵）

祭母拜坟陵，追思往日疼。

养培施厚爱，教诲动真情。

西去无言嘱，南归有雁行。

依稀来梦里，含泪到天明。

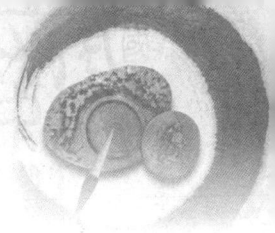

游雁门关 （新声韵）

登临北岳山，极目赏雄关。
恒岭青峰峻，雁门紫塞坚。
史传杨府将，典颂穆家丹。
万古沉浮事，联翩问大千。

游云台山

假日驱车赴豫玩，云台山上景观妍。
群峰似剑插云雾，众水如琴奏乐弦。
瀑布石峡龙起舞，清泉幽谷鸟飞旋。
天然奇景迷人醉，心旷神怡忘返还。

中学同学聚会抒怀

毕业分别半百秋，奔波社会竞风流。
全心奉献宏图展，尽力争飞壮志酬。
白首重逢谈旧事，古稀欢唱亮新喉。

悠悠万事逐身外，无限夕阳任我游。

藏山景颂

赵氏孤儿千载书，藏山盛景万民孚。
凤龙松舞迎宾客，滴水岩涓送玉珠。
天际芴峰播义雨，山丛古洞护忠孤。
南天门上翔云绕，梳洗楼前忠义沽。

贺农民书画展

农耕文化传千载，墨宝丹青挂万庄。
绘画浓描奔富景，书法重写助贫章。
牧哥摄影山峦翠，果女剪贴桃杏香。
众手挥毫歌盛世，百家秉笔颂农昌。

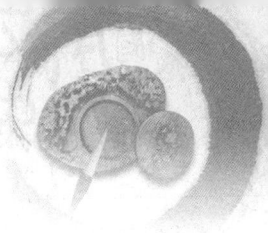

杨淑芬　笔名文馨，涵芬轩媪，1943 年生，黑龙江省龙江县人。中华诗词学会、山西诗词学会会员，唐槐诗社社员，杏花诗社社员、《唐明诗刊》副主编。

撷芳词·万寿菊

重阳九，菊园走，众人雅爱篱边守。秋情厚，花香秀。五色尊黄，灿如星宿。邀寒友，斟清酒，松梅兰竹携君手。风弦奏，月光就。炜煌千载，美名长寿。

中秋赴宴儿家

香满中秋月洒银，琼楼盛馔宴家宾。
炸蒸鲜菌幽篁笋，熘烩灵芝高丽参。
龙井红袍茶代酒，鱼虾嫩脯案罗珍。
更钦姑嫂亲情厚，孝顺儿媳太可心。

诗咏《千字文》

奇才雅意奉箴规，礼义纲常古训垂。

散字虚词凝韵语，人文典籍理精微。

观音菩萨　普陀山

道场菩萨渡群仙，佛教中心普善班。
法雨慈云灵妙现，苍龙卧海落迦山。

文殊菩萨　五台山

暮鼓晨钟法器鸣，文殊坐下五云升。
禅宫梵宇清凉境，藏汉双修慧业明。

题周伟老师《翠鸣秋艳图》

青金粉彩绘霓裳，的历蓁荷若有香。
华盖参差茎笋碧，芳姿绰约蕊摇黄。
蜻蜓结队翩翩舞，翠鸟成双脉脉翔。
直柄中空君子腹，花娇藕嫩享秋光。

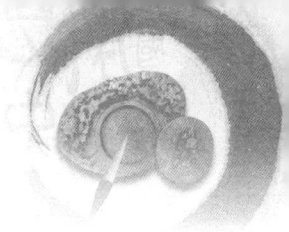

步韵晨崧会长《中秋拜月》

蟾宫遥拜赋中秋，满眼繁华未解忧。

凭借席间半壶酒，难消心底百重愁。

菊花初照瑶台镜，师友频登鹳雀楼。

握笔凝思人静后，月光犹映柳梢头。

［南吕·四块玉］唐槐葱翠

蜂蝶翔，莺鹂唱，日出唐槐倍芬芳。文人雅集诗情畅，发益霜，墨益香，神益昂。

陈 锋 （1944—2008）山西芮城人。太原市小商品批发总公司经理，经济师。生前为中华诗词学会、山西诗词学会会员，唐槐诗社社员，著有《桃园南北二人集》。

故 乡 行（二首）

探母今秋返故乡，霏霏小雨稻花香。
车轮滚滚驰阡陌，抢种争收老少忙。

秋收已过雨绵绵，小院农家笑语喧。
媳妇姑娘灯下坐，谈天说地手撕棉。

乡 情

九转黄河绕我家，船夫号子响天涯。
渔翁垂钓柳堤下，戏水顽童斗浪花。

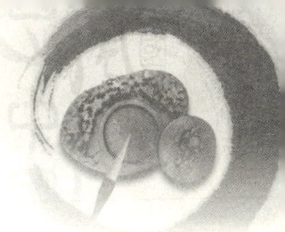

步韵戴云蒸《八十书怀》并贺

别梦依稀话昔烟，浩然正气撼云天。
囚牢志士曾无悔，风雨关山亦有缘。
伏枥犹怀千里志，观天敢向九霄攀。
骚坛擎帜唐槐下，潇洒诗翁一谪仙。

咏　菊

萧瑟秋风九月天，素妆淡抹绽篱前。
任凭寒剑霜刀至，依旧清芳志劲坚。
昂首挺胸沾雨露，扬眉吐气笑林泉。
生来喜酿黄花酒，落叶成泥愿沃田。

贾　毅　1943 年生，山西太原人，大专学历，山西省监狱管理局退休干部，唐槐诗社社员。

观《山西监狱工作60年》画册

净手正襟展画册，如歌岁月忆征程。九任党委一甲子，廿二师团三代兵。惟阶级时亦惟法，乱文革中未乱营。敌伪人员服新政，戴"右"分子感赤诚。三中盛典倡改革，八劳会议复正声。全国欢呼《监狱法》，劳改恢复监狱名。首长关怀频视察，社会帮教送亲情。丈八墙下兴学校，现代狱园向文明。监管如同校管式，刑期并作学期行。喜闻琅琅书声起，囚子诵读《三字经》。大爱无疆祛邪恶，以人为本沐清风。霜晨雪夜老民警，苦口婆心胜父兄。无数英俊成皓首，四万囚徒焕新容。多谢辑成奋斗史，寰球矫治堪称雄。彩图七百一瓢水，续写辉煌待后生！

西 凌 井

闹市多烦躁，西凌山水幽。

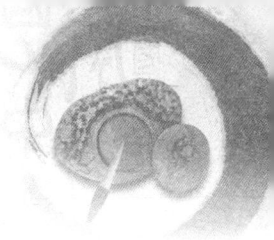

林深光影碎，崖裂峭岩留。

枝颤孤莺落，泉吟矮瀑流。

草坪任袒腹，百念一时休。

游龙潭公园

龙潭衰柳色金黄，碧水蓝天有艳阳。

已过立冬风未冷，外孙劳我逐追忙。

纪念建党九十周年（新声韵）

南湖潋滟起洪波，涤荡三山并日倭。

血涌五星华夏赤，千难万险都成歌。

旅欧诗抄

出　发

岁逢盛世了无忧，杖国情深恋旅游。

牵手翁婆还夙愿，阳春三月下欧洲。

梵 蒂 冈

信众何如游众频，恢宏圣殿摄灵魂。

堂前约翰应惊叹，满眼风光中国人！

游赛纳河

不游赛纳失巴黎，三十六桥各逞奇。

两岸楼堂追往事，降书一纸古都遗。

相见欢·壬辰迎泽郁金香花展

呜哇万盏千杯！醉芳菲。五色熏风、引得蝶蜂飞。

茎细柳，叶纤手，欲邀谁。攘攘篱间花影伴春晖。

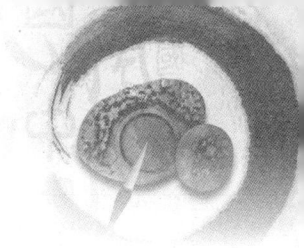

阎 泽 1944 年生，太原市人。1961 年应征入伍，北空特种兵独立师雷达技工。1968 年转业太原工具厂做机械车工，后任政治处宣传干事、分厂办主任、工会主席。

临江仙·戏春

镇日熏风抒绿意，东君尽染葱茏，窗前小雨润和风，桃花三四朵，蜂蝶正匆匆。　　百丈柔丝撩淡月，蓝天碧水桥弓。孙儿约我隐花丛，轻轻扑粉蝶，妻"骂"老顽童。

山村暮色

细雨初晴二月花，柴扉小径竹篱笆。
孤村野碧残阳倦，一枕青山罩晚霞。

咏　梅

梅香雪冷酒初温，月色花容孰可分？

一醉篱园催不醒，也留芳骨也留魂。

秋　　韵

夜渥残荷挂晓霜，金风挈冷菊堆黄。
暮云捧出天边月，秋水如醅醉夕阳。

咏　　烛

久立人间未计年，每临夜暮置堂前。
荧心如豆胸怀暖，灼泪成灰意绪绵。
常伴英雄谋大业，曾匡国是谱鸿篇。
华灯已代身先隐，承启辉煌演大千。

文　　竹

芊芊叶面绿层层，着意春娥巧做工。
书案文房含静雅，芸廊画阁泻葱茏。
纤枝叠翠飘新韵，利器回锋镇不恭。
莫道身微花势小，风流绝胜映山红。

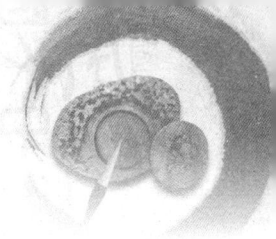

无　题

沧桑几度太纷纭，风雨人生倍感真。

梦里蟾宫摘桂子，醉中沧海缚蛟鳞。

一江春月莺歌远，半树残阳鸦噪频。

静看春来秋去后，风云须改岁华新。

秋　问

金秋时节雨绵连，不住蛩声夜未眠，

棚户遮风怜弱草，豪门接露傲穹天。

蟾光娟影难归序，浊雾靡风竟复年。

忠恕犹存须问宇，谁承博爱共婵娟？

李春海 笔名江天，1944 年生，山西繁峙人，中华诗词学会、山西省书法家协会、山西省摄影家协会会员，曾任山西财经大学经济信息学院、山西旅游职业学院组织宣传部长等职。主编《文物景观游》等。

五 台 山

佛家圣地五台山，名震全球大可观。
朵朵祥云飘岭顶，潺潺细水绕峰峦。
苍苍古刹千秋耀，阵阵钟声百里传。
今日超凡能脱俗，明朝拜谢步高端。

清凉胜境

五台胜景实无双，中外游人倍感良。
绿水河边听乐典，青山脚下赏祥光。
寺中香火云烟绕，殿内高僧佛事扬。
盛夏嘉宾来避暑，消闲度假享清凉。

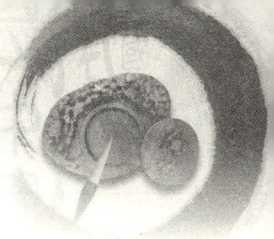

临江仙·龙泉寺

坐北面南修寺院，群峰环抱呈样。台阶百八入禅堂。诸雕精细美，白玉饰牌坊。　艺术高超同赞叹，庙前影壁辉煌。神工鬼斧筑亭廊。游人留恋驻，激我谱诗章。

刘江平　网名燕南，河北乐亭县人。1944 年 9 月生。西山煤电总公司退休干部。现为中华诗词文化研究所研究员，中华诗词学会、中国散曲研究会会员，山西诗词学会理事，唐明诗社副社长，《唐明诗苑》执行主编。

一剪梅·咏兰

阵阵轻风送暗香，山野春光，田野春妆。疏疏淡淡绿间黄，神似秋娘，韵似萧郎。　　空谷名园兰卉芳，贾客情狂，词客情长。年年吟咏入诗章，歌到潇湘，梦到高唐。

［双调·折桂令］再登鹳雀楼

步先贤再上名楼，不是王侯，胜似王侯，诗傲王侯。看不厌江山神秀，拦不住绿水奔流，饮不够家乡美酒，写不完翰墨风流。人下楼头，日落山头，喜上眉头，志占鳌头。

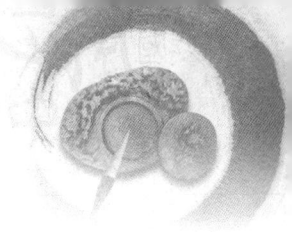

［双调·折桂令］洛阳牡丹

　　似红云朝露飘看。昔日风光，今日芬芳，明日辉煌。说什么花神天降，却真是梦到高唐；说什么瑶池育养，却真是仙袂云裳。百卉花王，人世天香；花色呈祥，国运隆昌。

游西夏王陵凭吊李元昊

　　党项英雄万古传，王陵风雨忆当年。
　　分疆立国开新史，纬武经文除旧天。
　　百载兴亡人有恨，千秋霸业事如烟。
　　关山追梦思元昊，夕照银川落日圆。

关 汉 卿

　　不折蟾宫桂，文星下俗尘。
　　泼开云翰墨，催放戏园春。
　　酒醉人无梦，诗成笔有神。

集中凄怨女，泣泪悟兰因。

白　朴

山川多秀气，三晋育奇才。
下笔诗千首，倾樽酒一杯。
高歌云暗渡，低唱月徘徊。
鸣凤清新曲，依依绕榭台。

郑 光 祖

曲苑群星灿，平阳才子多。
情思亲小杜，放浪傲东坡。
留梦春风柳，倾心夏雨荷。
梨园传盛事，倩女唱离歌。

乔　吉

未跨扬州鹤，依然是醉仙。

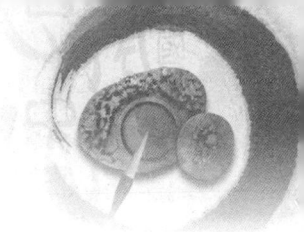

新诗歌柳浪，椽笔拓云笺。

寻艳开眉锁，偎红恋小鬟。

风流花下乐，不拜九重天。

王美玉　女，中国诗歌学会、中华诗词学会、中国散曲研究会、山西省作家协会、山西省女作家协会会员；杏花女子诗社、太原诗词学会常务理事；太原光线诗社副社长。著有《我和亲人》、《情韵——王美玉诗文选萃》、《窗外有你》等。

中秋寄友

清风催景过流年，又到中秋明月圆。

最是一年情好处，菊香满院报君前。

鹧鸪天·三饮茶楼品茗

三饮砂壶香味浓，醒茶人醉眼蒙眬。案边茶女翻纤指，楼内红颜秉笔匆。　　窗外景，盏中容。挥毫泼墨喜相逢，几言难叙茶中韵，参透玄机万变功。

拜星月慢·思母

岸柳梢青，桃溪尚浅，总有寒风缕缕。细雨潺潺，

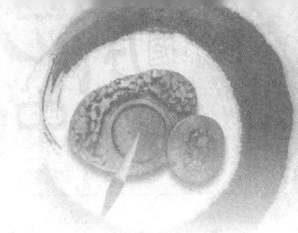

恰天呈暖意。母节至，热泪、谁能让我休泣？痛忆慈
亲孤旅，颠沛流离，困衾席难起。捱三秋，岁末怅然
去。望苍天、奈此情谁叙？尽孝不给机缘， 生将承
逆。梦中影、也是倾间耳。心何静、整日咽凝睇！看
旧院、尘满烟霾，问诗笺怎寄？

醉花间·春节寄诗友

　　桃花酒，杏花酒，佳酿酬诗友。相待鹊登枝，共
咏莺啼柳。　　兴酣频挽袖，墨迹香堪守。汾河水系
情，寄语情深厚。

［黄钟·刮地风］贺唐槐诗社成立十周年

　　杨柳依依鸟鹊欢，莺舞窗前，春风笑语话婵娟，
苦乐酸甜。今逢华诞，家园霓虹灿。众友同心，唐槐
花艳，十年共并肩。辛勤写续篇，策马再加鞭。

［正宫·小梁州］ 思君

寒星冷月锁高楼，思绪幽幽。挥毫尺素系心舟，无言透欲尽诉还羞。

【幺】流苏频挑情盈袖，独寻思，那次拉钩。多温柔。佳期候。锦书收后，把盏醉方休。

［正宫·醉太平］ 人生如茶

人生如茶，丝缕如花，入杯上下一团麻。轻噙细咂，可知道苦甜酸辣。会沉浮休言惊怕，敢前行漫步天涯，攀云看霞。

［越调·小桃红］ 幽思

桃红柳绿雨纷飞，意冷难吟翠？总忆情浓唱和醉，管同吹。谁晓弦断芳心碎？彩笺已瘦，蟾宫怎绘？问你几时归？

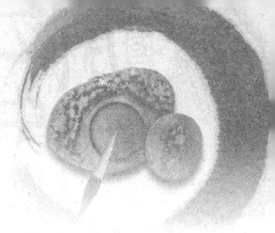

［仙吕·一半儿］秋日心语

　　潇潇细雨伴秋凉，风扫残枝叶正黄。白了芦花菊尚香。感时光，一半儿芬芳一半儿苍。

赵黄龙　1945年11月生，山西汾西人。中华诗词学会、中国楹联学会会员；山西诗词学会副秘书长，新田园诗书画研究院副院长，《唐槐吟苑》常务副主编；《论农民诗歌创作》、《新田园诗词三百首点评》等书副主编，著有《杏花岭集》。

黄　河

西来东去不回头，万里千年日夜流。
壶口浪歌华夏史，龙门鱼跃大洋洲。
三门津渡扬帆远，两岸山川织锦柔。
北坝南桥邀止步，声言入海旅环球。

生　日

九月金秋寿诞期，古稀初度自题诗。
黄花浪漫三千里，红叶风流八百枝。
望北星辰星落晚，移西步履步推迟。
夕阳虽近朱颜靓，不老青山日日依。

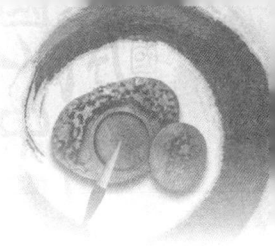

银　卡

立户通行敢做东，地球踏遍不言穷。
自然数字天文数，社会风尘地理风。
大敌心扉赢对手，私藏密码占高峰。
丛林法则山中虎，强食从来不倒翁。

菊　花

九月金秋众赏花，霜天万里一奇葩。
白银纯洁黄金贵，灰铁痴憨宝石嘉。
清爽悠悠天地气，幽香淡淡古今茶。
吟诗绘画骚人动，泼墨江河出大家！

沁园春·学雷锋

抚顺军营，电闪时分，万里照明。是普通战士，因公殉职，光芒迸射，献出忠诚。七字题词，千钧力量，全国人民学一兵。风云涌，竟铺天盖地，众志成

城。　　今逢半纪传承，欲点亮、人生道德灯。为人民服务，山河不老；英雄日记，松柏常青；钉子精神，海绵容量，哲理名言胜水晶。丰碑在，导引长征路，万马奔腾！

永遇乐·咏词人易安、幼安

婉约情深，一家别是，人世才女！雁字回时，西楼月满，千古心动语。秋千荡罢，晚来风急，南渡半生愁绪。国同家、惊魂梦里，俗言活驰词誉。　　英雄豪放，扫空千古，三闾离骚曾慕。爱上层楼，长安北望，芳草无归路。神州沉陆，几曾回首，慷慨悲歌欲举。览无余、还吟婉转，两边驾驭。

村委选举（新声韵）

古槐树上鸟鸣啾，入场村民汗尚流。
小妹点名发选票，老人推杖忆抓阄。
宗族不选失群马，大众同推孺子牛。
鼓掌声声惊雀散，仿佛开动火车头。

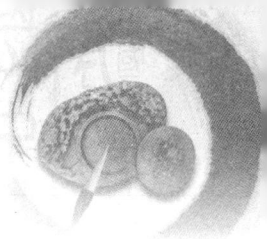

高中昌　字恒之，笔名方塘，1945 年生，山西清徐人。退休前任县文联副主席。中华诗词学会会员，山西诗词学会副会长。著有《拾暇集》、《拾暇近咏》、《高中昌诗文集》。

访　葡　峰

赏珍西岭下，十里白云天。
玉坠垂红紫，青绦织绣帘。
歌清香入韵，山翠石生鲜。
葡熟秋风里，耽然又一年。

东风飘雪

东风千里意，飘雪入苍茫。
落夜何沉寂，盈窗见激扬。
山原空起伏，市井任炎凉。
只在清平境，无心锦绣装。

除 夕 夜

香烛迎春夜，声声祝福歌。

篝灯随幻化，岁月任消磨。

抚镜烦丝少，蹙眉文债多。

凭窗人独立，天地一陀螺。

访西柏坡

西柏坡前秋叶红，寻常院落仰高风。

兵收辽沈关山外，旗卷平津指掌中。

一载戎机成胜迹，千秋碑塔峙穹空。

谁当挥手开天地，五十年前毛泽东。

题罗贯中雕像落成

书生欲占补天方，六百年前别梓桑。

半世流离空抱负，一身奇绝在文章。

宗门惜讳风云子，史海沉浮昆玉光。

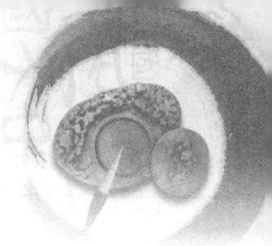

写尽英雄应笑慰，五湖归梦梗阳乡。

唐槐诗社成立一周年寄意

始信人生梦有圆，并州结社已经年。
句敲春岭桃方艳，步拾秋丛菊正鲜。
坤舆题吟通大道，唐槐风韵立新篇。
同将一曲扶疏意，唱过悠悠汾水边。

过 代 县

雁门故道几沧桑，今我来时又趁妆。
度韵池台春远近，含章村寨绿芬芳。
靖边楼共关山在，忠武祠同日月长。
正气不磨兵气散，千年画角换丝簧。

永遇乐·娘子关

峻岭东来，斜阳西去，万家烟树。堞影依稀，云间许是，昔日关山路。平阳故事，李家旗纛，争得风流无数。笑多情，悠悠往事，算来千载风雨。　　飞车当步，旧关新渡，一往长驱无阻。转眼京华，山分水济，语响云生处：皇家万乘，羽书驰骏，敢信追云逐雾，似今日，千山片刻，可曾到否？

青玉案·寻根大槐树

翠云霭霭谐春步，更托起，思无数。六百年前伤别路，一番离散，几多风雨，剩有青如故。　　天南地北乡思旅，暖暖烟霞眷晨暮。千里关山携梦渡，谁人解得，情为何物，泪湿根深处。

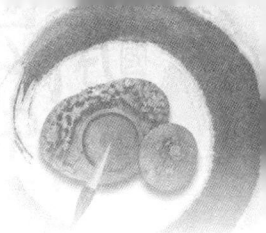

郭翔臣　字子翙，1945年11月生，山西阳泉平定人。山西省总工会退休干部。中华诗词学会、中国散曲研究会、山西省作家协会会员；山西诗词学会副秘书长，唐槐诗社副社长，《当代散曲》副主编。著有《子翙诗曲》、《头白思走云深处》、《诗词入门捷径》、《诗词曲格律讲义》（合著）。

永遇乐·屈原

如见如听，临风凄雨、宽袖峨冠。素字灵均，承平愿效、博学斯文断！廷廊肖小，佞谗挤占，却把宦途轻贱。辜负了、风吹雨疾，锦衾孤寒难返。　　波掀浪涌，渔父何叹，清浊人间谁掩？芳草青幽，长歌当哭、忧国思明暗。纪纲不系，朝中鸥鸠，跃起洪波空揽。千年续、舟行击鼓，粽留叹惋！

杜　甫　吟

新歌一阕费筹谋，骨写嶙峋意润柔。
笔蘸霜天襄日月，茅遮雨夜铸春秋。

民生苦涩牵心累，国事艰难寄语周。

连苑重楼今见突，诗翁可得夙怀酬？

春　　游

春游不顾日偏西，指问群峰几处低。

秉笔才描新涧柳，思荷却踏旧塘泥。

篱边碌碡抻牛鼻，寨里壕沟奋马蹄。

莫笑诗痴归路远，翻飞紫燕过河堤。

小外孙女降生

平生多覆瓦，未去理圭璋。春近行来远，樱新梦许香。

寻书敲字义，协韵写文章。腕嫩频频舞，欢声起宅廊。

壬辰春事

几度衔云远，三春趋事长。川原涵翠绿，柳眼漏鹅黄。

薄雾追弦月，清风舞夕阳。还欣宽带速，弹指认扶桑。

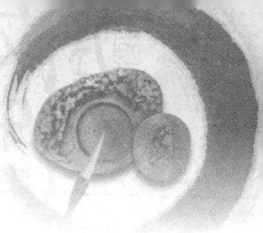

清明寄怀

身在蓬壶意在乡，难寻梦里柳丝长。
樱云未眩游人眼，杏社应裁接句觞。
晚眺层云遮路黑，晨思润雨惦坟苍。
朝曦微漏虔诚叩，再达嘤嘤幼舞章。

有感杜圣像遭涂鸦

由来弱智呈顽莠，惑众煽情为哪般？
锦绣栏杆涂墨渍，笙簧节目杵锅端。
诗人立目齐声斥，网友揪心滴泪潸。
炫技孩童应缩手，亵祖防栽黑水湾。

网络听太原市环保局述职

寰中最爱我家乡，几度回头几度殇。
莲叶田田寻不见，清流潺潺梦消亡。
虽牵国运勤开发，也盼天青立竣章。

赤子虔心听述职，何年踱步百花廊？

满庭芳·旅日望月怀友

夜半凭栏，月移西阙，流云尽见来东。哪家琴诉、侧耳阅楼空。协韵沉思未了，又何惜、寂寞花红。树萦绕、樱云开处，难觅杏枝红？　　人生何苦短，步移霜履，更奠唐风。认刘皂、桑干月寄并城。西苑繁华几处，未能遍、帝阙神宫。却何在、东邻陌路，日日羡归鸿？

［自由曲］旅日喜遇电视播映三晋风光

5月10日夜11时30分，偶然看到日本NHK电视台播放《中国山西旅游风光》纪录片，兴奋陶醉之余，作自由曲以记：

深夜里踱阳台细雨飒飒，心疼那小娇囡夜里哇哇。上完网坐沙发按钮啪啪。看电视听不懂叽哩呱啦。却为何眼放光华？倩里面播得谁家？

看见了汾河岸开满鲜花，看见了迎泽街车水龙马。

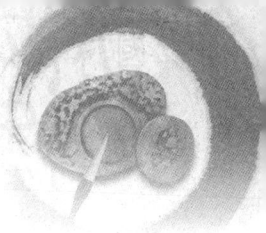

看见了解放路万户人家，看见了刀削面溅起水花。却为何不再前走？那前面就是咱家！

云冈洞大石佛嵯峨峻崖，北岳山悬空寺支柱挺拔。谁问起照相机放在哪搭，何不将此情景赶快拍下？只照得清凉白塔，只照得僧众袈裟。

李聚珍　笔名鲁风，号五绝山人，生于 1946 年，祖籍河北井陉，大专文化。《晋机厂报》文艺副刊编辑。山西省新闻工作者协会会员，曾任晋机业余京、评剧团编创。1985 年，曾赴兵器部参加编纂《当代兵工》一书。现任《唐明诗苑》副主编。著有《忆祖居百年变迁》，长篇纪实文学《兵工脊梁》。

人民兵工赞

部队兵工本一编，孪生兄弟共开篇。同擎赤帜撑燕后，相拥锤镰启赣前。转战突围争扛鼎，收鸢逐寇力承肩。井冈号角闻寰宇，闽浙机声动莆川。粤北中峒修火炮，海南乐会制长鞭。鼎龙掷筒占魁壳，志福群钻盖亮夈。坦克航天钱祝创，核基筑础邓稼先。弹船辉映星罡拱，兵器扬威世界骞。国防英才冠六业，戴良运铎耀官田。齐襄发展丰功建，八秩精神代代传。

同　窗　吟

汾河右岸晋机东，纵逝流年谊未穷。

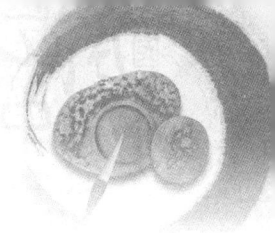

六秩黉门松不老，七旬砚友竹犹蓬。

国球院内传情愫，时政心中荡煦风。

管鲍诚无休说志，青云岂坠匹夫中。

赞漫画家李二保先生

宝翰凝霜雪，毫尖紫气开。

构思惟巧妙，立意有新裁。

讽自丹青引，欢随尺素来。

时风长建树，业绩起层台。

折殿川　1947 年 10 月生，山西清徐人。太原市档案馆退休干部。中华诗词学会、山西诗词学会会员，唐槐诗社社员，《中国当代散曲》主编。

［中吕·山坡羊］唐槐诗社一周年庆

周年开会，诗朋满位，唐槐共庆乾坤醉。笛儿吹，信儿飞，东南西北书丰岁。三晋槐花迎谢你。诗，同挂美，词，同秀美。

［中吕·十二月带过尧民歌］回故乡（新声韵）

回故乡云霞霭霭，少年影嬉闹乖乖。田野里高粱摆摆，谷场上打打拍拍。放学后羊鞭甩甩，土炕上谜语猜猜。　　（过）怕头白忽地就头白，思吾宅就快到吾宅。高楼别墅碧窗开，杏树葡萄院中栽。归来，归来，鬓毛早已衰，沾满思乡爱。

［黄钟·昼夜乐］元宵节

自古元宵节气浓，今同，今同乐一片灯红。大街巷秋千荡空，身轻似燕飞如凤，彩云飘欲舞苍穹。步碧空，胜似天宫，胜似天宫，正月里民欢共。

［幺篇］弟兄老翁舞巨龙，腾空，飞空，呼来了国泰年丰，舞起了民康乐永。秧歌队游来镇东，高跷队踩遍街中。背棍凌空，焰火凌空，笑海里汤圆送。

［越调·送远行］悼戴老（借用杂剧曲牌）

清风细雨天，吟醉正香眠，梦里挥毫逗八仙。玉帝闻知邀宝殿，到天宫审诗篇。

［南吕·一剪梅］致长治梅心竹韵曲友

竹韵敲开上党门，画里梅云，画外心纯。诗书一卷话乾坤。词也缤纷，曲也缤纷。　　满腹经纶满腹文，宋玉思君，清照思君。太行山上会佳宾。绿草茵茵，漳水粼粼。

［双调·庆宣和］悼张宝山先生

曲苑心劳尔为操，叶茂花娇。今日空闲得逍遥，先生累了！先生睡了！

［南吕·瑶华令带感皇恩带采茶歌］清明

和风细雨迎春笑，牛尾摆，柳丝摇，争鸣百鸟群花闹。杨树茂，桃树娇，梨花俏。　　　（带）如画村郊，无限风骚。放风筝，听燕歌，说农谣。心怀祖念，路远云飘。望山青，看水碧，起春潮。　　　（带）景中陶，乐逍遥，和谐盛世数今朝。踏遍春光人未老，余生怎不敬唐尧。

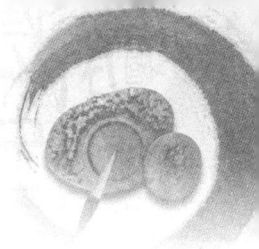

张四喜　号青衫斋主，1947 年 12 月生。山西襄汾人。中华诗词学会会员，山西诗词学会副会长，《难老泉声》副主编。著有《未了集》、《青衫斋吟草》。

中　秋（二首）

乍聚残云即刻消，正圆月色半空遥。
促销菜市听声噪，浮动猪栏逐日高。
秋到相宜篱菊去，老来只喜友朋招。
桌前酒淡聊无味，还仗自家诗解嘲。

也学孩时数斗星，戏将月色比宫庭。
风声传近吴刚斧，清气闻寻玉兔瓶。
梁燕笙歌终日满，酒仙醉语有谁听。
繁华到处无心览，守候晴空对桂馨。

为李二保漫画配诗题《没招了》

耗子潜逃何处藏，黄猫金犬阻南墙。

院探紧锁门三道，洞暗严防盾几张。

未尽贪虫成气势，凡留恶果愈疯狂。

权中似有贼巢穴，传票无投址不详。

金缕曲·国槐咏

一木高而密，近云霄，株梢雁过、树间谁避。夏见雪垂梨蕊白，形似丁香花穗。更叶片、层层相对、绿叶枝缲重重叠、滤骄阳、爽在浓荫里。夜坠露，慢盈翠。　　国槐美誉添豪气。正中兴，霜来淡定，雨摧嘲戏。自有严冬梅性格，粉黛不施也媚。阔百尺、氤氲盖世。纵有狂风寒冽冽，怎奈他、起舞迎嘹唳。依此乐，几摇醉。

金缕曲·怀念杜甫

工部今何在？汨罗江、涛停浪静，杜陵人惫。未料朱门还肉腐，网漏王孙嫡派。见暴富、频生横蟹。多少秋风掀屋草，叹谁评、世象浮云态。真愧杀！寸毫矮。　　诸家都醉春花采。擅柔情、依霞摘月，美

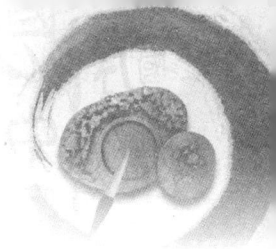

华章摆。更取奖牌千金换，争把桂冠顶戴。有几个、忧民感慨。我欲疾呼诗圣返，领吟坛、笔举惊神怪。高韵起，待澎湃。

[正宫·甘草子] 公园晨练一瞥

都聚槐荫里，几把弦鸣，几个毽飞炫技。几个太极推，一排葫芦对。一伙交谊舞，一伙滑轮追。一字童车娃儿戏，几人秧歌扭妩媚。一个个羽毛球手汗浃背，一阵阵湖畔吹笛。

又闻透水矿难发生

定是红包量不轻，尔能解禁祸频行。
隔山京盼颁新令，透水时来闻哭声。
肥鼠成帮贪忌惮，煤尘敝日显专横。
穷途诗者真无策，空守荧屏百感生。

时闻楼外婚娶炮声大作

一街歌鼓震堪聋，退避书斋四壁空。
大户年来多盛事，市民日见窘夸风。
钱烧成霭人频厌，贵聚无诗富亦穷。
车笛喧声看宝马，百番世相有无中。

汾河眺望

西岸楼檐凤翼腾，滨西伟厦望多层。
飞盘有羽从星落，霓雨生光滴翠凝。
奇美歌摇春月夜，娇红艳染上元灯。
倚栏汾面悠悠水，几里尘埃几里澄。

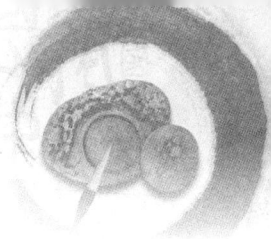

李善保　字基石，号布衣居士，山西襄汾人。1947 年 2 月生，襄汾县人民法院退休干部，国家一级法官。中华诗词学会、中国老年书画研究会、山西省作家协会、山西诗词学会会员、唐槐诗社社员；山西省国际文化交流中心理事、襄汾县老年书画家协会副主席、老松树文化社副社长、县志编辑部编辑。著有《布衣采撷》一卷。

吟高速公路

高速通千里，坦途四面开。
条条驰富路，招引凤凰来。

新春感怀

玉兔情深留厚福，金龙意切送春归。
历书又见翻新页，梦想频频展翼飞。

雷 雨

狂风大作乱云翻，电闪雷鸣虎啸天。
旷野茫茫行迹少，天河底露泻人间。

题壶口瀑布

黄涛滚滚壶中灌，巨响隆隆起白烟。
煮沸西来天上水？中华饮用五千年。

公费旅游

公费旅游暗涌潮，挥金如土竞逍遥。
商家最爱官家客，互利双赢两把刀。

叹豪门出殡

官邸森森雾气飘，马龙车水客如潮。
花圈成捆人缘广，供品堆山地位高。

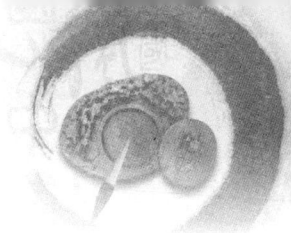

民警值勤清路障，地摊休业止营销。
一家丧事全城动，叹此歪风辱盛朝。

咏襄汾旧城改造

改革春风遍五洲，县城改造显鸿猷。
当年店铺成超市，昔日平房变峻楼。
街扩四车双向道，桥成三跨一通流。
夜来灯火如星灿，好似神游在广州。

樊积旺 1948年生，山西泽州县人。山西省农业厅退休干部。现为山西老区建设促进会副会长兼秘书长；中华诗词学会会员，山西诗词学会常务理事，唐槐诗社名誉社长。

浣溪沙四首

月　夜

对月相邀酒半瓶，自斟自饮好心情，其中滋味问刘伶。　欲咏偏难成一句，冥思无奈过三更，寒星漫数到天明。

雨　夜

飒飒潇潇一夜鸣，奈何扰梦过窗棂！又教辗转到天明。　灵感莫名来枕上，绮思竟至出忪惺。起寻纸笔记心情。

汾河漫步二首

两岸秋光起画屏，波光云影水泠泠。天然图画胜丹青。　几处喧阗歌舞热，满天飞动纸鸢轻。徜徉顿觉好心情。

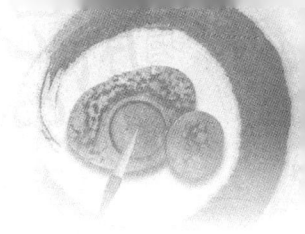

一夜秋霜几落英，满园菊放正亭亭。兴衰只为换时令。 芦苇滩头栖朔雁，九霄云外掠苍鹰。高低总有俗人评。

卜算子二首

山　游

俯首壑沟横，仰目峰峦聚。偏有炊烟与牧歌，飘在云飞处。 昨日匆匆来，今日匆匆去。怎似悠悠此地人，长伴神仙住。

咏　竹

叶似剑锋横，竿若枪林聚。傲雪凌霜节更高，直向云飞处。 斑是泪痕多，瘦为知音去。雅筑疏篱境自幽，可惜无人住。

无题四首

横流物欲叹今兹，竟使人情多自私。
路见不平偏袖手，拔刀几个是男儿！

考完学校考村官，公考虽难试几番。
选拔择优仍要考，莫嗟梁灏鬓须斑。
既入红尘淡泊难，谁将名利等闲观！
虚荣亦致风波起，纠结如丝绾一团。

主义虽然特色新，坚持信念几何真！
敛财权势成资本，羞煞当初被斗人。

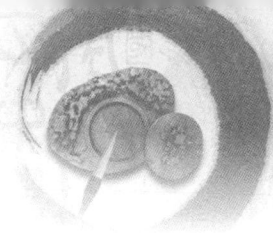

吴玉莲　女，1949 年生，山西榆社人，中华诗词学会、山西诗词学会会员，山西女子杏花诗社、唐槐诗社社员。

［正宫·塞鸿秋］元宵节

狮龙起舞笙歌漫，烟花惊得浮云散。婵娟惬意悬霄汉，祥云举步春风唤。举杯话团圆，处处花灯灿，心花荡漾诗花绽。

［越调·小桃红］九曲溪漂流

一弯碧水绕青山，人在银河岸。玉女轻摇如醉汉。竹筏颠，倩影涟漪如梦幻。风轻歌漫，水柔波绚。恍惚是神仙。

［双调·沉醉东风］自画像

君若问人生几何，丑鸭儿爱好多多。行拳身似燕，敲韵情如火。　　闲暇时美风光拍摄。老马扬鞭发浩歌。不被功名利锁。

［正宫·天净沙］曲

　　笙歌亮丽如霞，方言质朴无华，妙曲悠扬漫洒，琵琶弹罢，绽开万朵奇葩。

［中吕·普天乐］秋游王莽岭

　　曙色开，山初醒，朝霞旭日，残月星沉。攀竹松，寻幽径。含笑山花添游兴。巍峨翠岭畅心胸，悠悠白云，层层峰影，汩汩泉声。

木兰花·春游江南
步宋祁《东风渐觉风光好》韵

　　阳春三月江南好，绿水柔柔迎客棹。含烟细柳荡风轻，笼翠枝头莺燕闹。　　游人不绝寻芳早，俏面桃花争嬉笑。诗情画意爽心扉，挽住斜阳留玉照。

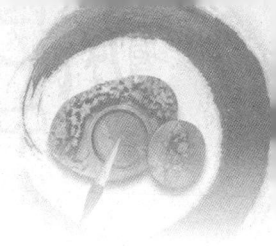

鹧鸪天·六十五个弃婴的妈妈杨云仙

未嫁夫君先做娘，辛勤扶弱护婴忙。无情父母将身弃，有幸孤儿得爱尝。　　心似火，志如钢，春风送暖驱炎凉。无私奉献撼天地，别样青春世流芳。

迎 春 花

引领百花第一枝，鹅黄嫩蕊绽芳姿。
春寒料峭顶风雨，依旧迎春未肯迟。

赞榆社文峰塔

远眺文峰紫气环，巍然耸立白云端。
沧桑岁月雄姿健，盛世年华秀色妍。
俯瞰群山凝锦绣，侧听漳水荡诗篇。
神随雅士裁清韵，情伴榆州唱大千。

郝举林 1949 年生，山西原平同川人，大学本科，原平中学高级教师，唐槐诗社社员。

苦　　吟（新声韵）

窥窗老月笑痴人，韵海词林苦探寻。
数茎须折安两字，唯含骨气不含金。

卢沟桥上

卢沟晓月挂吴钩，永定清波缓缓流。
倭鬼阴魂时作祟，石狮个个怒凝眸。

梨园小憩

暂借梨园一片凉，顽石作枕土为床。
鼾声惊散花间雀，梦里融融入洞房。

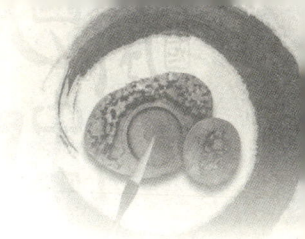

窗前小坐

牵牛淘气水仙乖，茉莉扶桑次第开。
香气袭人生妙句，蝶蜂斗胆采诗来。

牧 羊 女

鲜花嫩草满坡迎，紫伞红裙迤逦行。
挥舞长鞭一响脆，白云动处起春风。

小 园

看景黄鹂叶底闲，闻香紫燕语呢喃。
蝶来不满邻花少，对对翻墙过小园。

又睹石碾

厚厚石盘记苦寒，辚辚圆磙诉辛酸。
爹推我搡娘扬簸，冷月凄凄照不眠。

老 梨 树

半片残躯苦度时，圆冠只剩两三枝。

春来百卉争相放，雪瓣莹莹不肯迟。

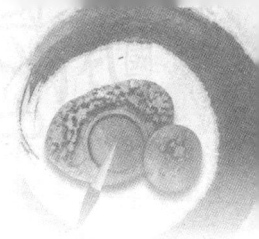

杨　宏　别署牧牛山人。1950年2月生，山西省中医药研究院医生，山西诗词学会会员，唐槐诗社社员。

乔家大院

大院深深锁富华，艰辛创业赞乔家。
红尘滚滚兴衰事，叱咤风云步落霞。

云冈石窟

壁立云山石窟牢，佛陀伟愿泛惊涛。
慈悲喜舍心无住，大度随缘境自豪。
盛赞先人精湛艺，端详造像尽奇招。
斜阳一抹余晖去，仰望晴空自远翔。

残　荷

秋风暮雨翠颜微，叶落花残藕独肥。
大雪冰霜经历后，春来换得满塘晖。

岁末感怀

独酌书斋喜墨遒，品甘尝苦度春秋。
平生阅尽炎凉事，一入杯中莞尔休。

春　　望

末日危言已渐空，世间依旧度春风。
山河静拥千帆过，雨雪交临一岁终。
漫漫严冬寒欲尽，悠悠思绪愿何穷。
新春又启隆兴路，翘望神州映彩虹。

学友海外归来

四月东风堪给力，天涯喜雨迎故人。
沧桑已逐容颜改，豆蔻还留记忆新。
半世情缘融血脉，一轮明月照童真。
只今相聚虽嫌短，犹醉夕阳沐晚春。

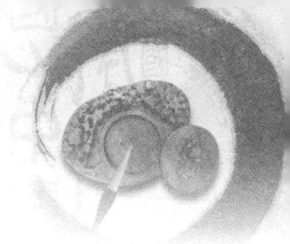

武惠萍 女，1950年生，山西定襄县人。中专文化。山西长治市郊区工商局退休干部。现为唐槐诗社社员，《田苑》杂志主编。

春　韵

梅雪寒中尽，迎风春柳归。
祥云温若玉，绿雨润心扉。

教师节感言

三尺讲台耕一生，呕心沥血笔花红。
悠悠岁月纵流去，桃李回眸笑晚风。

稚　朋　吟

相逢满目鬓霜凝，置腹推心少小朋。
摘枣上房争奋勇，捉鱼下水任逞能。
同挖苣菜沿堤岸，共采榆钱舞树藤。
童趣难泯扬碧野，晨曦夕照与天恒。

赠诗友

落尽残红梦未沉，唐踪宋迹醉光阴。

霜冰几度坚筋骨，泉水清澄满月心。

晚岁途中牵韵走，平凡路上放歌吟。

夕阳共赏无愁事，释我情怀挚友音。

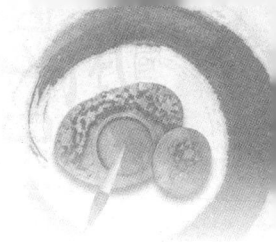

刘小云　女，1951年生，山西榆社人。中华诗词学会会员、山西诗词学会副会长、山西杏花诗社副社长、唐槐诗社社员，山西省作家协会、山西散文学会、山西省女作家协会会员。著有长篇小说《陆家儿女》（合作）、散文集《情到深处》、文艺鉴赏与品评《云心思雨》、人物传记《层林尽染》、《峰高水底清》、《晓云秋雨》。

木兰花·步韵宋祁《东风渐觉风光好》

心头渐觉夕阳好，喜入唐槐如踏棹。拜师吟诵老身轻，还复垂髫春意闹。　　回眸犹感随心少，解甲才情挥洒笑。诗文明丽映斜阳，秋菊开颜留晚照。

选编父诗有感

轻翻遗卷漫吟诗，椿影慈容引我思。
救国投身临战火，育民鼓劲献歌词。
清风两袖为官正，壮笔一枝寻韵痴。
别世唯留心血稿，墨香诚可显丰姿。

踏莎行·榆次后沟观感

落叶铺金，天高岭峻，满坡红枣沐阳润，滩垣深涧鸟飞鸣，又无车马喧声震。　　雾散云开，秋清气顺，村姑端坐梳云鬓，一尊水母在人间，耕耘收获丹心酝。

浣溪沙·公园赏景

玉宇茫茫雪压枝，汾河碧带泛涟漪，冲寒飞鸟语相知。　　素影红装眉目俏，老翁衰妪两心滋，深深脚印笑谁痴。

巫山一段云·碑林秋韵

雅乐兰亭乐，酽茶余味长。丹枫如火映斜阳。垂柳漫轻扬。

顿挫传高谊，抑扬送古香。满园秋色染新装。酣醉玉壶旁。

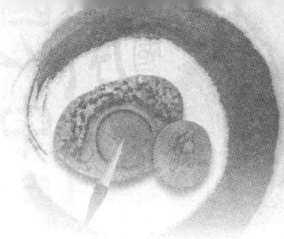

拜读戴玉刚《太行山上的秘密战》有感

熟悉伟名钦佩人，特殊使命假妆真。
太行宛转救民族，华北驰骋逐鬼神。
一部史书鲜血染，八年伟业义旗伸。
英雄不朽后人仰，光耀千秋漳水滨。

老牛湾留句

万里黄河一泻绵，长城臂挽老牛湾。
鸡鸣三省情连路，烽火九乡霞绕巅。
凝目平湖峡谷蓄，放声石壁韵潮掀。
泉流引我偏关去，百代工程入晋篇。

参加山西省作协第六次代表大会有感

少年梦想任飞翔，到老临屏织锦裳。
娇艳花丛为一朵，扎根泥土吐芬芳。

宋玉萍　女，网名梅心竹韵。1954 年生于山西太原市。自幼热爱文学，著《梅心集》二部。现为中华诗词学会、中国电力诗词学会、陕西诗词学会、陕西散曲学会、山西诗词学会、山西省作家协会会员，杏花女子诗社常务理事。长治市作家协会、楹联学会、三晋文化研究会理事，长治诗词学会副主席。

咏牵牛花

牵牛星盏谪尘埃，大雅希声隐辨才。
不效吹弹夸海口，但凭勤奋就高台。
杯深约取明霞注，藤恣描摹古篆回。
岂必临秋怅摇落，东君一唤我重来。

【双调·风入松】曲缘

曾因妙语动思弦，梦入水云间。黄钟仙吕谁家院，玉箫折桂醉中天。松下涛声似幻，风前心境如莲。

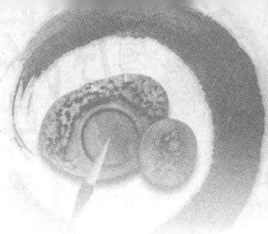

浣溪沙·清明

一读清明泪雨频，百年心事不关春。千回梦里返柴门。　　人事由来知代谢，江山尚且数流云。奈何幽独总伤魂。

卜算子·白莲

翡翠托高盘，螺髻薰沉水。寒玉清冰照眼开，人在晶莹里。　　出落绝纤尘，秀逸明观止。水陆繁花独赏莲，君子如莲美。

西江月·咏月桂

未识惊天颜色，尝闻盖世芳香。人言换骨有仙方，折得琼枝乱晃。　　长共圆蟾得句，遥牵客子思乡。千年枉自累吴刚，不改凌霄绝唱。

浪淘沙·自潞返京

细雨湿归期，聚散依依。未曾挥手已相思。云海滔滔遮望眼，重会何时？　　高谊与天齐，芳草离离。旧时明月总相随。碧树层楼浑故地，换了门楣。

行香子·寒山寺

沽价钟扬，缴费门昂。已消凝、千古名章。枫桥梦落，客榻徒长。负唐时月，今朝展，累年霜。

当时渔火，知向何方？对秋汀，照影匆忙。愁眠张继，泽被一方。笑寒山隐，红尘乱，夜莺藏。

凤凰台上忆吹箫·祭母

惆怅今宵，乱山遮断，梦魂萦绕坟头。任锦书封泪，往事盈眸。尝见莲足碎步，凭捻动，恸绪穿喉。伤情处，红尘碧落，两下浓愁。　　啾啾，夜窗漏尽，曾几度如闻，昔日鸡筹。恨至亲难守，恩义难酬。犹

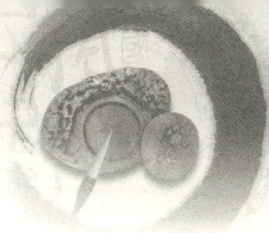

憾承欢心事，斟未及，莱彩空留。肠成寸，殊乡又逢，冷月横流。

满庭芳·新中国六十华诞感赋

花甲良辰，菊妍枫醉，大旗妆点秋光。蓦然回首，清角动苍茫。唤起仁人志士，铁肩义，扛鼎兴亡。玄黄血，感召日月，人世话沧桑。　　辉煌。擎箍手，烹鲜治国，振弱图强。更调试南风，变法帆扬。东亚醒龙崛起，通两岸，七子归航。开秦镜，一匡九合，赤县竞芬芳。

刘 玲 女，笔名小马，堂名居索雅，1954年3月生，湖北省武汉市人，现任丹江口市农业局退休党支部书记，丹江口市老年诗书画研究会副秘书长，诗词分会秘书长，唐槐诗社社员。个人诗书画作品参加全国各级大赛和展览，多次获奖。

南水北调工程赞

古来华夏水东流，今日挥鞭北调头。
越谷穿山腾巨浪，分洪筑坝润荒丘。
狂龙被锁江南喜，旱魃驱除塞北悠。
万里甘霖芳草绿，桃源仙境遍神州。

治 印

如烟意象绕心头，印上功夫印外求。
笔趣刀锋凝美石，师心匠意醉昏眸。
摹秦临汉追苍劲，法古标今避婉柔。
驰骋纵横方寸内，于无字处觅佳缌。

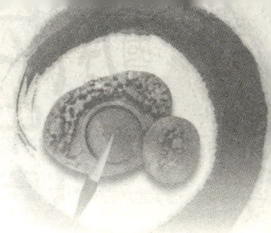

丹江大坝

巍巍大坝卧江横，紧锁蛟龙不乱行。
两岸高楼平地起，一河钢塔入青冥。
汽轮抖擞追飞燕，旅客欢欣游电城。
满眼华灯明月夜，银河灿灿满天星。

天净沙·九寨沟

涌泉流瀑飞霞，青山绿树红花，碧海蓝天骏马。
如诗如画，仙山誉满中华。

郝金樑 又名敬良，字汉卿，网名晋北儒生，祖籍山西原平，1954 年生于忻州市，现定居太原，工程师。1977 年毕业于太原重型机械学院（现为太原科技大学），先后在机械行业、钢铁企业从事技术与管理工作。现为中国机械工程学会会员，中华诗词学会、山西诗词学会会员，唐槐诗社社员。

秋　　晚

日暮西山下，疏枝对晚晴。

离愁增岁老，问旧忆年轻。

雁别秋风里，谁怜客履行？

斜阳长影上，寂寞待君声。

野　　菊

煌煌只系秋，馥郁几时休？

但笑凭山涧，惟开染陌头。

寻常无意现，到底有诗留。

敢作陶然问，骚人韵可悠？

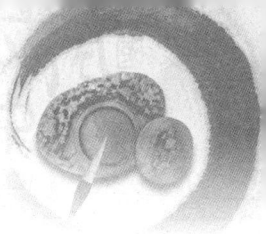

学 问

我本东林客，难为世俗流。
书山攀甚苦，学海渡何羞。
但立千年志，堪思百岁头。
酬勤方悟道，自信总无忧。

雁 门 关

独立太行峰，江山一望中。
金戈齐白日，铁马伴寒风。
历历边城在，凄凄剑影空。
千年成往事，犹唱古时雄。

晋 祠

叔虞封叶地，圣母养青莲。
大柱龙盘绕，飞梁鲤戏椽。
兵人皆铁汉，仕女尽姮媛。

御墨碑铭在，贞观鉴不偏。

原平景色

人思故里鸟思林，一韵诗开褪尽阴。
岭下梨花犹炫晚，天涯石鼓又歌今。
藏春赤洞居仙处，叠翠群山听梵音。
但问滹沱河上月，前朝八景杳难寻。

黄 鹤 楼

楼雄鹤去大江边，墨草题诗顶上悬。
四面风来湘楚地，千年韵在李崔篇。
龟蛇空锁思名士，南北通衢动古弦。
放眼山河形胜处，登临到此忆如烟。

晋城蟒河

不似名山也梦牵，风光四下总流连。
红杉翠鸟迷人驻，黑石猕猴戏客缠。

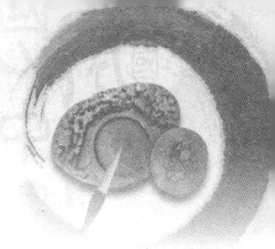

瀑布冲开河上月，青岚刺破水中天。
成仙莫问寻常事，只是当时已结缘。

关中景色

秦山雨霁碧云空，一洗乾坤看日红。
雁塔晨钟啼玉鸟，咸阳古道听秋风。
迎春灞柳年年绿，卧雪终南岁岁雄。
十景关中留誉后，游人兴会自相通。

乌　江

英雄到底霸王名，写尽春秋万世评。
剑舞鸿门刘季事，兵围垓下虞姬情。
乌骓历历威风在，汉室惶惶帝业争。
若是当年旗鼓现，天街走马换来生。

王学民　1954 年生，曾任汾西县人事局长、山西诗词学会会员、唐槐诗社社员。

吟 屈 子

手指青天问上苍，忠君为国竟遭殃！
不堪回首投江恨，绝唱离骚鬶凤凰。

蒙 山 引

欲瞻大佛上蒙山，峭壁悬崖绕几盘。
寺底平心先小憩，借风登顶拜方安。

海 峡 情

两岸同根兄弟情，鸿沟有日会填平。
三通共壮中华志，友好攻坚促共赢。

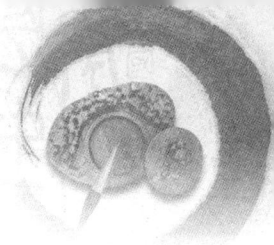

思　妻

糟糠西去几春秋，子夜魂归藏枕头。
梦里常闻妻话语，醒来只见月登楼。

野　泉　本名郭宏伟，祖籍五台县，1956 年 2 月生于太原市，大学毕业，现从事计算机软件系统设计。中华诗词学会会员，山西诗词学会副秘书长，唐踪诗社、唐槐诗社社员。与人合著《拾萃集》等。

同学油画展闭幕有寄

余音未尽下回书，待把方圆仔细涂。
蹊径别开何笑尔，匠心独具且充愚。
前程尚有歌千阙，陋室还须酒一壶。
王者生来谁可估，文章岂止在江湖。

日食观感

月本无心不作为，何须褒贬又施威。
各行其道因因果，偶入他途是是非。
甚喜通收伏暑气，堪悲逐掩日光辉。
残红一刻佳人项，细数珠玑瘦与肥。

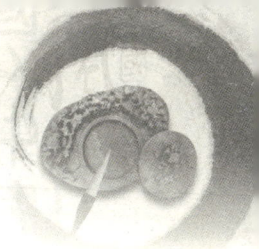

闻南枝患耳鸣问候

万籁无休谁忍听，可怜朝暮不安宁。

憨兵苦斗三千合，鼓角相闻八百营。

阵阵春雷真也假，声声雁语细而平。

一笺问候随诗咏，今日缠疴或许轻？

与众诗友旧城街欢聚感作

邀朋夜聚旧城街，酒乱诗心七尺骸。

错点鸳鸯充太守，空谈国事笑夫差。

春风染绿崖边草，野火烧残纸上楷。

掬得鸿泥非自赏，分君一半作词牌。

庚寅中秋记

蟾光似可主阴晴，连日沉沉十五明。

露染丹枫山可色，朝推白浪水犹清。

心方老矣随云暗，律又狂兮为月生。

尽看阖家高宴处，欢声偶泄旧门槛。

七律·赠子翊兄

膝下孙儿榻侧书，天伦尽享别无图。
牙牙语稚安神曲，坦坦心闲不老躯。
借笔能吟诗百阕，游山可走路千途。
京城虽好并州客，且待归来酒一壶。

夜上胡家掌遇雨回车

路逢三月雨，襟带半宵风。
人小天之渺，山深梦也空。
凭窗穷己目，举手远河东。
看似回车处，春秋各不同。

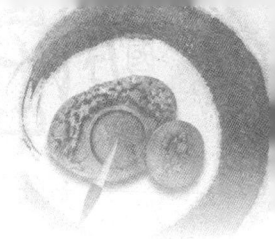

毛　牛　本名郭利民，1956 年生于太原市，市粮食企业干部，电大毕业。中华诗词学会、山西诗词学会会员，唐槐诗社社员，山西雪玉书画印社副社长。与人合著有《拾萃集》等。

郭氏之源

汾水之阳曲脉绵，前朝典籍有遗篇。
碑铭郡望颜公撰，虢演封分序祖迁。
郭外青山知劲草，堂中笏板释先贤。
施仁智化徙途远，牒谱煌煌百代延。

说　　龙

壬辰大吉雪花飘，天子图腾现九霄。
碎玉无声襄帝府，冬枝乱响湿唐箫。

书斋自勉

求神不怠菊还开，两鬓霜花让你猜。

阶绿苔痕无拓影，铜箍案角有疏梅。

陈玄滴泪汾川冷，冻石生纹晋水哀。

笔下惊雷听得远，耳鸣错乱纸先裁。

送 重 阳

细雨愧黄花，云开满脸霞。

凡心思妙境，善水惑香茶。

日短吟迟赋，秋深洗旧纱。

登高非仕子，袖口本无牙。

秋觞寒泉

晨昏觉夜长，衾枕纳秋凉。

傲菊初消俗，心花渐着霜。

浮云陪过客，逝水载新章。

得法题诗处，书痕辙印香。

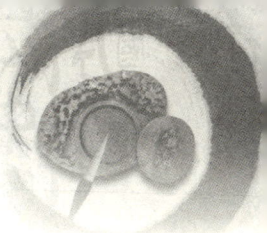

逢雨水节气吟之

酒后微醺过石亭，花神半睡欲飘零。
山门外有余香落，惹得冰开雨水馨。

霜　　降

心声心画两参差，霜降寒门作首诗。
度日无闲银有愧，西风落叶满荷池。

鹧鸪天·晨过学府公园

浣日春临学府塘，冰开一面失船房。常抄近道穿
园角，过赏碑亭拐眼光。　　溪柳嫩，石雕僵。私宅
别墅画廊长。游人不读相如赋，闭目修身满脸霜。

蒋世欣　笔名金杉，1957年2月生，河北威县人。军事战略学硕士研究生学历，曾任山西省军区副参谋长。现为山西省高速公路管理局党委书记。中国书法家协会、中华诗词学会会员，山西诗词学会副会长，唐槐诗社名誉社长。

四季练兵忙

春练汾滨铁打身，暑天比武铸军魂。
秋风吹动军功状，冬训家书催又频。

五十生日感怀

风雨兼程几十年，生辰半百聚欢颜。
难忘军旅烘炉炼，大义担当有铁肩。

转业高管局

三十六年弹指间，挥鞭走马几边关。
今朝卸甲归高速，赶月追星未下鞍。

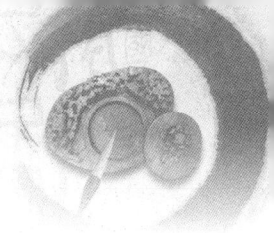

迎 国 检

晋祠昨夜叙交情，浅睡难眠梦里迎。
今日车中观路况，人和通畅乐同行。

太旧高速（新声韵）

杨柳拥路鸟飞鸣，山转车随轻简行。
平坦路遥高速过，蜿蜒龙巨旧关通。
黄河气质人人美，太旧精神代代英。
自力更生终不忘，山西儿女路传情。

贺《麒麟诗刊》创刊两周年

酌句斟词笔墨师，量裁境界费心思。
清泉出涧呈文气，翠岭铺笺著妙诗。
高速添香无杂念，交通出彩有真知。
欣朋结友情尤切，唱月吟云意也痴。

沁园春·高速情

大道回旋，北岳横穿，纵贯太行。望高山碧水，微波荡漾；平畴沃野，果缀馨香。物宝天华，男雄女秀，筑路官兵斗志昂。流年忆，尽魂牵梦绕，意韵悠长。　　蹉跎细柳戎装，跌宕起、金戈浩气扬。谱老兵新传，重登战场；三千高速，达海通江。跨越追超，民强国富，万里征途再远航。看吾辈，奋余生后劲，无限风光。

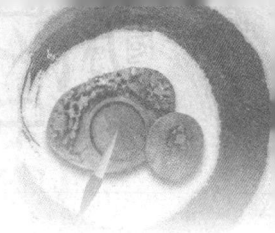

陈秀峰 女，1959 年 6 月生，大学文化，高级工程师，现任山西省机械设计院副院长，山西诗词学会唐槐诗社社员。

山西太原第六届中博会举办成功有感

金秋逢盛会，三晋喜空前。
锣鼓喧天响，笙歌劲舞翩。
长风迎万客，贸易创千单。
六省同飞越，新招出重拳!

镜　泊　湖

一鉴碧虚浮翠微，苍峰衔日映芬菲。
湖山亭上舒眉黛，看我扁舟弄夕晖。

金湖泛舟

乘风轻漾木兰舟，暮色金湖入眼眸。
柳舞长堤如翠帐，峰收夕照似丹帱。

197

剪开碧水星辰乱，划碎蓝天云雨浮。

一浪惊残烟泽梦，涟漪泛起几丝愁。

注：金湖在福建省泰宁县境内。

醉　　秋

玉液三杯两眼瞢，含羞微晕卧林丛。

丹枝插鬓心中问，枫叶酡颜孰个红？

观电视剧《知青》有感

胸戴红花泪湿眶，满腔热血赴农场。

面朝黄土勤耕种，背向蓝天细打粮。

汤菜一锅知苦辣，窝头两个压饥肠。

流金岁月终难忘，落叶枯枝叹鬓霜。

立　　冬

一夜秋声吹到冬，清寒疾劲降林丛。

漫天落叶飘飞里，遍地秃枝摇晃中。

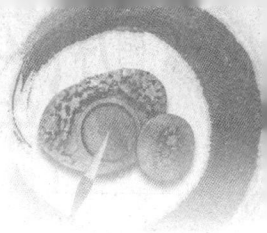

且看躯干迎戮力，更怀红瘦不由衷。

平生未历风和雨，来日焉能见彩虹!

如梦令·秋遇

漫步枫林深处，幽径落红无数。邂逅喜重逢，最忆往年秋暮。幸遇，幸遇。和泪相携一路。

小重山·思念

长夜难眠总盼明。心潮连海浪，几时平。披衣帘外望星星。天籁里，似有女儿声。　　唤母也三更？天涯行孑孓，念归程？欲将幻境锁荧屏。敲一键，万里送亲情。

浣溪沙·相思

红豆发枝正悄然，春风寸寸入幺弦。曲终恐怕夜阑珊。　　月下且将诗作酒，意中更望月来牵。茫茫

山外是蓬山。

浣溪沙·题趣

　　月下樽前哼作嗟，唐风宋韵我来赊。王孙休怪乱涂鸦。　　诗欲醉人何不醉，情将奢处直须奢。个中滋味乐无涯。

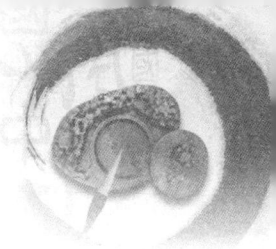

刘磊峰　笔名梁山樵夫，1959 年 7 月生，山东梁山人，山西省农村调查办公室副主任。双大专学历。中华诗词学会会员，山西诗词学会理事、副秘书长，唐槐诗社秘书长，黄河散曲社社员。

登华山有悟（新声韵）

一握去天石径仰，险途峻秀好风光。
攀爬恰似人生路，何必峰巅论短长。

咏枣花（新声韵）

阆苑颜卑不授封，舆情岂忍自邀功。
春华簇簇羞清瘦，艳艳秋实最养生。

咏苹果花

粉嫩香腮一抹羞，翠罗旖旎弄风流。
蝶蜂莫负奴家意，硕果丰盈献仲秋。

咏　菊

铁骨清心傲雪霜，篱旁冷眼蝶空忙。
西风漫道秋寒劲，百草凋零送暗香。

咏光荣花

名利无求品自修，笑迎菊雅送金秋。
酬勤不吝天行道，唯伴英雄总感羞。

咏 牡 丹

姹紫嫣红笑浅藏，清高敢比楚人狂。
天香飘逸蝶蜂嫉，傲骨何曾畏武皇。

游五台山后记

径野山深隐老僧，禅门浅处守孤灯。
客来闭目慈航渡，人去开心香火升。

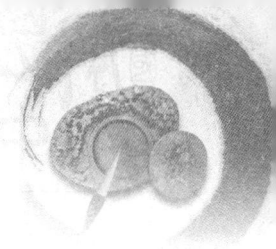

清明扫墓实录（新声韵）

菊花几束手中擎，双塔陵园祭父亲。
和泪清茶浇翠柏，心知厚德感深恩。

重庆夜抒怀

繁星片片江风里，溢彩流光不夜城。
麻辣川姑情似火，相思红豆嘴边生。

栗文政 1959 年生，山西省襄垣县人。研究生学历。太原来福集团副总经理，唐槐诗社副秘书长，来福诗社社长，山西诗词学会副秘书长，出版诗集《诗游三晋》。

己丑年八月十三于右玉途中（新声韵）

自驾轻车过雁关，长城塞北已微寒。
西风霜月边墙路，飞越千年又万年。

南昌滕王阁（新声韵）

秋云暗雨露沙洲，佩玉鸣鸾摇画楼。
隔水重重叠巨厦，大河依旧向东流。

绍兴越王台（新声韵）

越王台上彩云飞，歌舞升平锦绣堆。
文种不知何处去？香溪可见美人归？

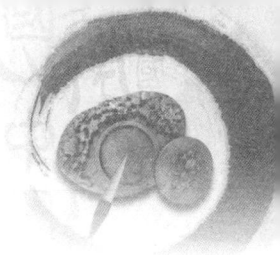

洛阳白马寺（新声韵）

帝梦金人何处神，驮经白马到京门。
二僧弘法东西寺，六祖禅宗南北分。
曾记狼烟残迹在，难得香火绕楼芬。
洛阳三月春来早，魏紫姚黄照玉人。

泽州古青莲寺（新声韵）

碛石山下院清幽，丹水悄悄过晚秋。
偶有钟声出古寺，随风撞到客心头。

代县白仁岩寺（新声韵）

深翠山中花满庭，白云溪水寺香盈。
闲来倚就古松坐，半咏诗文半诵经。

平定石家花园（新声韵）

庭院深深次第开，廊桥曲水雪飞白。
斯人已去梅花在，缕缕清香入韵来。

［中吕·喜春来］吕梁听侯孝琼教授唱曲（新声韵）

吕梁唱起湖南调，云卷云舒湘水飘，情流意转洞
庭箫。声来了，引来曲海浪滔滔。

［中吕·醉高歌］曲兴

悠悠元曲难消，漫漫黄河未老。梦中吹响集结号，
俺这里精神头正好。

［双调·庆宣和］题太原大同会馆

莜面鱼鱼豆腐娇，黄米油糕，铜锅烩菜粉皮飘。
色好！味好！

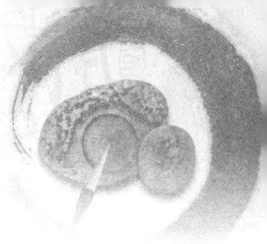

常永生　笔名南枝，自号东山客人。1960 年 8 月生，太原人。中华诗词学会、中国楹联学会、山西省作家协会会员，山西诗词学会副会长，太原楹联家协会理事，太原市劳动模范，"五一劳动奖章获得者"，曾出版《常永生诗词集》，与他人合著《拾萃集》、《拾霓集》。

秋兴八首

秋雨一来风乍凉，清汾碧岸郁苍苍。
水流亭外剑锋舞，花漫滩前菊圃香。
每叹游鱼伤世事，何因羁旅畏沧浪？
漪汾桥上匆匆客，可把青峰入锦囊？

潺潺雨夜西风烈，淋累寒枝吹瘦碧。
秋气袭来花滴珠，青枫染透叶成血。
欣求笔胆托松云，耻费心辞赋艾泽。
岸柳一行雁一行，重山放羽向朝夕。

一轮月镜万家悬，总照沧桑离聚缘。

宵短流光从眼快，风微摇影入情怜。
年无羁旅匆匆再，天有寒蝉碌碌先。
踏岸观潮波去去，独留清气沁心间。

蝉声寂寞绕秋枝，一缕凉风和小诗。
多少春光成海蜃，从来梦境不瑶池。
霜天总为青枫傲，砚笔徒生茅屋痴。
夜里轩窗月影淡，高楼传出ＫＴＶ。

立秋无雨露蝉忙，岸上微风吹叶黄。
独步心情看淡定，何因景致惹疏狂？
三千里地男儿志，五十年来汾水旁。
最怕枫林丹血染，一川思绪满斜阳。

携妻踏岸漫枫林，天命归来语未禁。
粜米非曾丢口袋，为官生怕负民心。
台前位子羞争椅，膝下男儿不跪金！
鹊落青坪羽款款，依稀往事尔能寻？

秋风吹皱满天云，一脉汾波送夕轮。

宦海沉浮心好累，流年激缓岸难匀。

老愁民事呼公道，不让禾田负早春。

远处灯红楼影下，谁能陪我路中人？

风光退去苇根斑，忽觉秋来又一年。

过眼新潮刚迤逦，回头远岸已阑珊。

心机费尽学裁锦，牛力出完期买山？

梦里青春孺子枕，羞言放到子陵滩。

［正宫·塞鸿秋］ 新农村咏叹调

衣

舞开一段情歌俏，秀来二老风光貌，抖成三代亲朋笑，身披四季云霞套。再无补丁衣，更有争春帽，嫦娥和我同台跳。

食

早餐小米午餐钙，晚端牛奶蛋黄派，田间蔬果无公害，碗中日月有滋味。山珍长入锅，海味偶当菜，俨然一副神仙态。

住

琼楼掩映云林境，清风吹进神仙洞，荧屏扭起秧歌阵，铃声送到天涯信。小家安乐窝，大富国中兴，农村圆了桃源梦。

行

乡村公路金条链，亲朋喜事虹桥绚，三轮电动车流线，八方致富钱成片。牛车换汽车，车库替牛圈，公交开到农家院。

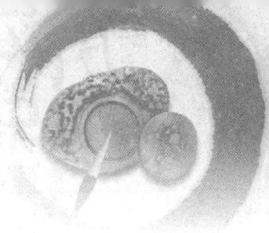

陈光暹　笔名云中者，1960年10月生，山西寿阳人，原在太钢矿山系统从事技术工作。现为山西诗词学会唐槐诗社社员。

苏幕遮·咏焊条

　　鳄钳操，神蜡抱。剪铁裁钢，一触弧光耀。美妇休夸针线巧。善补能缝，此处工维妙。　　起高楼，通大道。磊落于公，不吝涂肝脑。但愿人间充满笑。燃尽微躯，无泪甘终了。

无　题

　　松风蓰露板桥霜，夙志萦怀苦未偿。
　　紧勒马头询两汉，稳敹牛背梦三唐。
　　雕虫薄技虽空售，皓首尘颐纵不扬。
　　四海之中既容我，别开蹊径又何妨。

211

汾中闻雁

不甘将老试风华，潇洒向前频泛槎。
解冻潮生潮递信，报春天使自天涯。

行香子·夏行

碧水涵天，碧草连天。款风来、荡碧无边。游鱼
隐隐，奋鸟翩翩。正莺如歌、燕如舞、柳如弦。
夏木峰巅，夏日林颠。绿荫凉、困夏将眠。魂飞物外，
尚为婵娟。梦山中云、海中雾、渺中仙。

晋　风　本名牛永维，1962 年生。中华诗词学会会员，山西诗词学会副秘书长、唐槐诗社社员。曾参与编辑《论诗千首》、《历代诗人咏五台山》、《〈论诗千首〉评论集》等，与人合著《拾萃集》、《寒友诗词选》等。

元旦寄语

梦里犹思昨夜天，醒来身已在新年。
手挥纤笔心无句，眼望高楼兜缺钱。
未见春风吹户院，又闻冰雪压山川。
上苍若是知民意，灾难和人别结缘。

游窦大夫祠

一道寒泉冲岁月，千年老树忆沧桑。
大夫心为开渠累，皇帝手因留墨忙。
烈石祠中悲烈士，无梁殿里话无良。
闻知鸣犊西天去，孔子回车别晋阳。

五十感怀

往事无须说淡鲜，人生回味也欣然。
开窗不忆风花月，挥笔寡思霜雪年。
早置微身名利外，且将浓墨画屏前。
闲来偶把斜阳钓，笑看银丝垂上肩。

游瘦西湖

来到扬州兴致高，瘦西湖上觅听箫。
水中依旧千秋月，镜里空余廿四桥。
银塔留痕陈旧事，玉人隐迹别前朝。
霜摧莫道花残尽，曲岸和风梳柳条。

扬州观运河所思

声名一臭恶音多，尽把隋亡怨此河。
史上骚人挥愤笔，舟中艺妓唱悲歌。
只言堤岸双排柳，不看田间万亩禾。

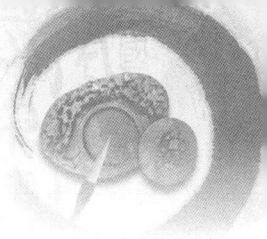

泽惠山川情未了，是非功过墨掀波。

游南京总统府有感

易主频频血雨中，石头看惯改朝风。
庭中梁柱无随爱，院里灰尘不姓洪。
几代诸侯争拥住，哪家王室未成空？
英雄自古皆如是，胜败无须笑蒋公。

北国水城沁州

上党从来景色殊，太行山里有西湖。
二郎捧出甘泉水，大禹修成锦绣图。
天上舞姿多野鹤，船头撒网尽村姑。
青川碧浪歌声啭，北国风光胜越吴。

再游二龙山

一湾碧水一川风，此岭不和他岭同。
烈石横空威似虎，飞流出世气如虹。

有名非是凭仙迹，无墨何须寻富翁。

九子提壶峰顶醉，放声歌赋震河东。

无　题

历史长河细品流，有才也忌出风头。

山中可见千年柏，朝里难闻百岁侯。

花纵容娇颜易损，鹿因角贵命常丢。

为人淡看功名利，少却心烦少却忧。

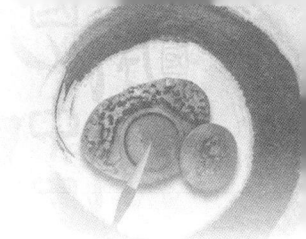

张　柳　女，1963年10月生，山西清徐人。现为太原市红十字会组织宣传部部长、山西诗词学会副秘书长、山西杏花女子诗社副社长兼秘书长。

赏牡丹归来细雨霏霏

永祚倚芳醉，归来沐雨痴。
恍然如一梦，衣上暗香随。

听　箫

袅袅余音淡淡风，冰心一缕曲玲珑。
心思常系塞边月，月下清歌散远空。

独　行

几树萧萧秋意浓，崖边落叶过金风。
行来无事消长路，细数窗前深浅红。

湖　畔

轻歌一曲系行舟，心事浩茫逐水流。
日暮驱车湖畔过，一弯新月映高楼。

西汉雁鱼灯

雁字鱼书何处藏，轻烟纤雾入回肠。
容光渐逝盼归客，蜡泪空流照晚妆。
彻夜风疏人似梦，隔窗月净影如霜。
汉宫无限白头恨，应叹千年此信长。

蒙山大佛

巍然高坐洗尘氛，山石依稀水火痕。
碑碣积苔感兴替，佛龛空洞绕禅魂。
冰泉覆雪流诗韵，断壁颓垣匿古村。
回瞰西山云断处，匆匆一梦转乾坤。

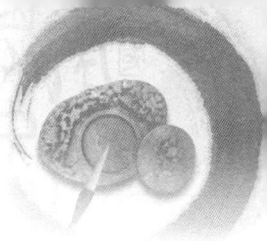

庚寅中秋寄远

车喧灯曜似京华，清月飞霜影半斜。
酯酒千杯须尽醉，回肠百曲宛如麻。
人情难料惟珍重，世事多磨少叹嗟。
今夜菊香花梦散，不知吹落到谁家。

咏晋侯稣钟

挥剑东夷助霸功，却将战绩铸编钟。
哀魂枯骨归何处，雅乐金音绕晋宫。
王业无疆诚所愿，子孙永继錾青铜。
从来人事如流水，今古兴亡百代匆。

友人自日本来送日本浮世绘画绢一幅感作

细绘轻描尺素长，携来万里自扶桑。
樱花烂漫一樽酒，心事迢遥九曲肠。
浩卷独亲敲丽句，清灯谁伴醉华章。
春风秋月等闲度，空梦痴情守古香。

赵美萍 女，笔名伊凡，网名心心诗韵。1963 年 12 月生，中学教师。中华诗词学会、山西诗词学会会员。山西唐槐诗社社员，山西杏花诗社副社长。现有诗词作品 600 余首，辑集为《诗韵随心》。

早行有思

黎明怀静气，街巷与深微。

簌簌槐花落，翩翩鸽羽飞。

往来谁过客，俯仰岂生机？

一载车行过，时空归不归？

听爱尔兰风笛《南来风》有作

徐徐风笛起，缈缈韵来天。

顺耳弥真气，从心遥幻仙。

有风南向过，怜我枕边眠。

吹送林间月，清香旷野前。

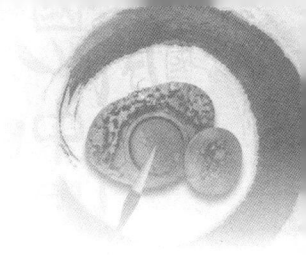

杏花天影

柳绿花红岸，清溪隔水桥。

新霞濡染爱，老树纵容娇。

眸淡心开远，风微影动摇。

临池不须墨，天外一支箫。

上元日喜雪

晨眠不觉喜盈空，曼舞应知欲醉风。

开眼纷纷天换象，凝神默默意飞鸿。

漫看灯火迷离态，独把诗文仔细工。

踏影心情谁与共，藏春二月雪泥中。

摊破浣溪沙·雨日

漠漠秋云过晓昏，潇潇街雨落均匀。轻走涟漪往归处，伞中人。　　莫道连阴摧兴致，倾心牌戏傍双亲。间有唏嘘时有笑，倚天伦。

浪淘沙·书卷女郎

钗上并花簪，眉际诗心。芙蓉出水最堪钦。沉醉新词书卷好，雅意难禁。　　韵里解芳音，且自沉吟。毫端倾至付笺深。傍得石青尘不染，落墨怀襟。

昭君怨·秋雨

竟是仙家珠落，点滴闲敲池阁。叶上最传情，一声声。　　漫许伊人秋水，回溯三生离泪。倏忽又催黄，几分凉？

生查子·读赵愚先生《哭母》诗

感君至孝心，欲养亲难待。非是孝行微，惟恐心稍怠。　　感君悲苦吟，失母深无奈。一望是天边，人远恩情在。

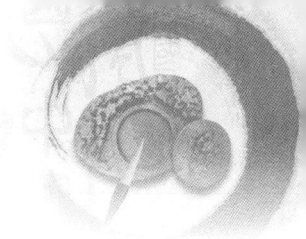

［大石调·念奴娇］夏夜

　　楼台消夏，惯于高处静坐其中，仰观天宇，倾听天籁及四围种种传声。每得风情俗事，总于会心处引动天真回忆：月下追逐嬉戏，游戏老鹰抓小鸡、高坡观景一瞥灯辉挂壁、围坐一团醉听堂哥讲说《五女兴唐传》故事……

　　沉沉天暮，遍星灯四起，风微云匿。已惯楼台花下憩，为取些些凉意。袅袅弦音，重重童戏，隐隐声听细。风情引动，几多清晰回味。

　　［幺篇换头］翻出心底珠玑。连环记忆，邻院顽童几。最是炎凉无顾忌，任我行藏追觅。沟壑人家，星灯挂壁，一瞥无形美。门前槐下，兴唐才女听醉。

［双调·骤雨打新荷］咏荷

　　曲曲风荷，正娉婷水过，流转如歌。婉然凝碧，款款纳凉多。结子清香自苦，却风露凝来因何？节下裹、灵根俗泥，不是新波。

　　［幺篇］从来香柔可可，更清心自许，谁共相和？卷舒开放，真性漫吟哦。莫道丝丝断缕，纵情去，并非消磨。德远播，今休负他、君子名科。

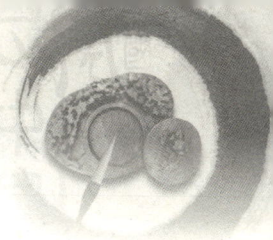

耿　弘　1964年10月生，山西省平顺县人，现任平顺县农委纪检书记，唐槐诗社社员。

县城之夜（新声韵）

岁首迎灯走靓街，隆冬辉映喜春约。
苑园植遍珊瑚树，楼榭镶边琥珀蝶。
彩凤廊闻歌浪起，青羊阁坐酒潮崛。
天涯游客今缘叙，谈笑不觉月西斜。

夜走中秋月

绿野山庄走广寒，长空夜雾绕银盘。
那轮去岁窗前月，今日异乡一样圆。

异乡感中秋

去年八月中秋夜，窗后相约赏月圆。
今岁时逢盈月到，他乡月下念婵娟。

225

贾亚琴 女，网名春风化雨，1965 年生，山西汾西人，省五建十三分公司工会主席，本社社员。

眼儿媚·回眸

难却江南那离愁，诗酒惹回眸。金秋十月，红笺频寄，画满西楼。　　柔肠涌动东流水，何处驾轻舟。情稠意爱，沧桑几度，梦里全收。

公 园 吟

青碑立小廊，绿树影投长。
花荫遮曲径，彩云落水塘。
亭前茶醉客，梦里韵揉肠。
园静游人少，时观蝴蝶狂。

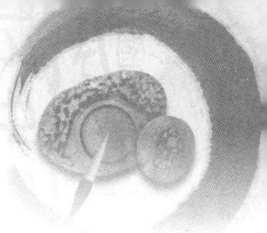

谢文萍　女，1966年生，唐槐诗社社员。中学高级教师。主编教辅书籍十年有余。热衷于环保，任太原市环保形象大使。

自　题

培桃育李若干年，公益仁心德化廉。
根与芽通环保路，激情绿色半边天。

平　安　夜

平安夜里话平安，吟诵阖家尽恣欢。
为觅佳诗穷虑处，牵情思女溢毫端。

杜文杰　网名子弹壳，1968 年生，山西静乐人，大学本科，学士学位。现任山西省民政厅离退处副处长。系山西诗词学会会员，唐槐诗社副秘书长。作品发表于多家报刊，多篇诗词入编于《军旅情》等诗集。

致琴师

信手扬珠洒玉盘，小桥幽谷泻清泉。
弦描春雨润山色，键写秋风卷水澜。
切切黄莺啼碧树，威威烈马出阳关。
双馨德艺何人至，琴润诗心韵满园。

登蒙山

空谷清风万里天，涌泉梵呗蝶蜂欢。
轻轻飞絮着银裹，静待重峦换绿颜。
寺绕桃林送觉悟，佛观石级笑尘缘。
徜徉香客寻佳景，古道柔肠一念间。

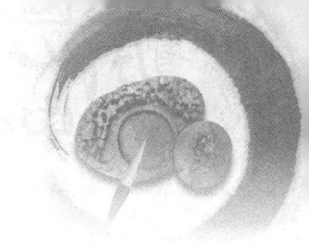

玉龙雪山

绿雪云林锁玉岑，泸沽湖影笑天神。
倚天矗立十三剑，圣水潭边老牧人。

丽 江 吟

东巴湖影映奇峰，江水云杉润古城。
骑上牦牛搭手望，桃花源里看陶耕。

橘 子 洲

湘江桥上望橘洲，遥想当年笑觅侯。
异客有心寻旧迹，含情细雨抚新楼。

五一登崛嵋山

苍莽独灵秀，险道任云裁。
翩翩蝶乱舞，点点汗洒阶。

钟声充空谷，柳絮落岭崖。

塔影抚凹地，汾镜映高台。

极目万重岭，吐故一身埃。

荡尽往日事，轻身尽开怀。

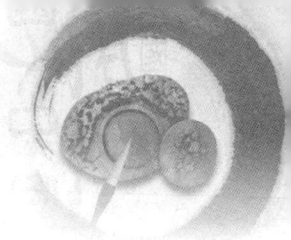

郑广斌　笔名郑惠中，1968 年 11 月生，山西阳高人，军事学硕士。集团军组织处副处长、旅副政委、团政委，现任山西某师政治部主任，大校军衔；一等功臣、二等英模。先后有 200 多篇理论文章及诗词在《领导科学》、《解放军报》、《战友报》、《中华诗词》等军内外刊物上发表。

［自由曲］拥抱黄羊山

夏到黄羊滩，风劲柳丝摇碧烟。紫燕双双巧戏水，呢喃，惊散灵蝶又复还。最爱艳阳天，清晨踏青黄羊山。攀至山腰笑不断，仰观，如画游龙一线牵。

无名雪山

绝顶壮观天地间，奔腾江水复回还。
白云万里增秋色，波浪千层过雪山。

亚 东 沟

西南边境有奇沟，沟底县城风景优。
万木参天探日月，千峰带雪指星球。
长河四季流深谷，红叶三摇送晚秋。
敢问山河谁造化？鬼斧神工耀九洲。

无　　题

身怀揽月志，雪域砺丹心。
正气参天地，雄风贯古今。

仙梦（新声韵）

欲访蓬莱怕路遥，悠然一梦上云霄。
太白邀饮瑶池醉，玉女和音月殿娇。
诗笔一挥龙化雨，灵琴三弄凤吹箫。
归来世上天将晓，坐看流星横竖抛。

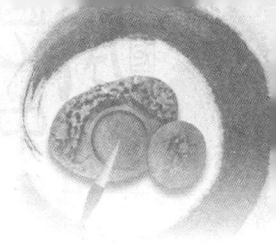

赞拓荒牛

风雨沧桑多少年，披肝沥胆对黎元。
耕荒不用发牒令，负重何须着响鞭。
性善迎童骑背上，情深奉乳到人前。
躬行正道功德满，一路蹄痕格外圆。

王　卓　网名边关冷月，1969年3月生，大学文化程度，山西省宁武县人，现就职于山西省乡宁县农业委员会。中华诗词学会会员、山西诗词学会会员、唐槐诗社社员。

春日云丘山

岚烟袅袅澹清姿，花被霓裳妩媚时。
云若羽纱轻曼妙，山如青黛色新奇。
层峦翠浪连天涌，村鹊鸣琴满树啼。
心绪一怀谁可诉？风情万种笔能知！

秋日云丘山

云丘秀色抹秋妆，云淡天高放眼量。
皇顶枫寒欣舞袂，天门菊怒傲清霜。
五龙沐雨聆新语，八宝迎风换靓装。
留恋仙山飞醉靥，频频妙句撞心房！

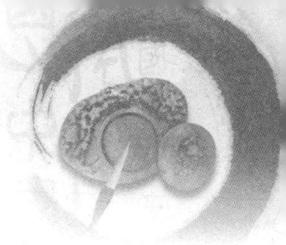

普救寺有感

驱车百里访西厢，景慕沉沉喜欲狂。
普救蟾声敲锦石，梨花深院赏姣妆。
溶溶月下思奇女，淡淡风中忆俏娘。
夜半翻墙年少事，张生无奈也曾藏。

大理纪游

喜洲古镇舞金花，燕语娇姿披彩霞，
殊异风情揭妙谛，人生百味一壶茶。

诉 衷 情

相思一片两缠绵，呵手抚娇颜，呢喃燕语人醉，泪雨惹魂牵。　　唇绛点，舞蹁跹，几时欢？而今别后，紫陌花红，绿水新莲。

235

天仙子·古县三合牡丹

碧水晶莹飞柳絮，国色天香春竞舞。神魂欲火傲仙姝，黄暂露，紫初怒，蕊似点金纤瓣素。　　泼墨丹青颜色疏，半醉抚栏欣作赋。幽香袅袅沁馨舒，芳绽处，听谁诉？民富国昌花锦簇！

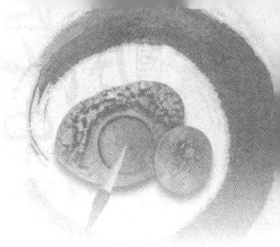

李莉萍 女，笔名独立寒秋。1969 年生，中学教师。山西诗词学会唐槐诗社社员。

湿地寻情（二首）

红果青天碧水涟，悬壶高处问澜源。
濯足携履随风笑，恣意吟秋又少年。

苇荡深深水面平，宜人幽径觅闲情。
应知湿地多真意，听取欢歌一两声。

原振华　女，1970 年生，山西省长治人。山西大学政治教育系毕业，中学教师。中华诗词学会会员、山西诗词学会副秘书长，《当代散曲》副主编、唐槐诗社社员。

雪　日

雪落无声掩旧痕，冰笺云外诉心音。
红尘不染情如水，怅倚高寒抚玉琴。

九女仙湖泛舟

青山曼舞展长屏，碧水一湖似镜莹。
轻点长篙寻梦去，袖笼翠色踏飞虹。

鹧鸪天·青莲三韵

青莲秀骨

悄立池塘望远岑，云天水底梦千寻。笑靥迎风香淡淡，绿袖盈盈玉露斟。　　青与白，浅和深，轻舟

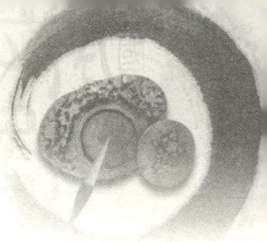

觅句仰高吟。凌波照影心明净，月色无边浣素襟。

青莲雅韵

出水娉婷不染泥，含风绰约晕胭脂。等闲抛却盘中玉，别有深情心里丝。　　风拂面，露沾衣，千秋知己是濂溪。田田舒卷随天意，蘸取清波写好诗。

青莲洁魂

芰荷为裳水做裙，梅香柳媚逊三分。萍浮繁茂非同梦，蛙语殷勤难作邻。　　莲是本，洁为魂，掬来水色养天真。静听疏雨敲残叶，玉藕盈盈心底春。

水调歌头·怀杜甫

慷慨凌绝顶，五岳眼中收。渔阳鼙鼓梦断，万箭射心头。但惜黎民多难，况已书生无计，天地一沙鸥。独酌杯中酒，苦调短长讴。　　承屈宋，开新径，韵长流。泪凝三吏三别，广厦苦寻求。恣肆汪洋文字，忧国哀民奇句，诗卷载春秋。雨润山河美，故国只神游。

水调歌头·咏李清照

沉醉藕花处，误了木兰舟。试灯踏雪，泼茶赌酒笑盈眸。方是相随唱和，不道欲安河易，世乱梦难留。婉转情依旧，闲字病成愁。　　闺中怨，家国恨，痛心头。飞鸿声远，生当人杰唱无休。更饮三杯淡酒，赢得一身憔悴，一夜老深秋。天上星河转，漱玉墨香流。

满江红·咏辛弃疾

浩气凌霜，尝试手，少年心热。飞虎跃，北伐平虏，壮心如铁。九议美芹陈国策，几番却被君王折。把吴钩，换得半生愁，头飞雪。　　英雄泪，西窗月，都并入，笔端结。正风流慷慨，忍偏磨灭。赤子豪情诗卷里，铁琶铜板歌残阙。叹春宵，梦里角声寒，何时歇。

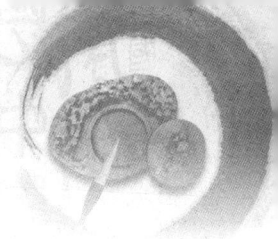

闲情小语（二首）

蚕语人无语，凉阶听落花。
人生无海角，追梦到天涯。

御风寻好景，借海作妆台。
把月轻敲玉，绮霞任我裁。

艺　兴　原名张占国,1976年生,太原人。现任《生活晨报》副刊部主任,艺术周刊主编。山西省散文学会理事,山西省楹联艺术家协会副秘书长,山西省书画家协会常务理事,太原市万柏林书协副主席,唐槐诗社社员。著有《伦敦奥运会中国冠军印谱》、《艺兴谈艺》等。

书屋自题

闭门苦读退深山，枕石牧云心自闲。
谈艺论文勤做嫁，铁翰无语问前贤。

欣赏康冬云剪纸牛系列

轻舞并刀细剪裁，春牛剪取奋蹄来。
卧行奔跑求精致，最喜人间畅情怀。

登黄围山

清风拽我蝶蜂追，红叶如火映翠微。
秋色烟霞唯此好，游人如织赴黄围。

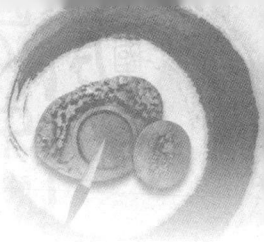

田　毅　网名晚鹰，1978 年生，山西祁县人，现任《山西日报》经济时讯编辑，唐槐诗社社员。

记　梦

我自仙山归，仙山浮青翠。心随白云走，梦绕清溪醉。子从何方来？流昳深且媚。细语璨修竹，素裾夺琼玉。惊觉烟尚绿，世事直如睡。但忆说秋菊，遗响天外曲。

天龙山歌

佛在天龙莫远求，天龙自在汝心头。鞭霆撼天八万里，抱珠听松绿水流。水流千山漱万壑，不到东海誓不休。云腾雪涌罡风转，遍洒甘霖沛九州。神龙变化无今古，覆雨兴云气吞吐。望之无影寻无踪，方令天地清如洗。洗净凡尘归云洞，藏身深山人不识。忽如一夜参天起，蟠龙苍苍来云里。鳞甲斑斑挂霜寒，盘枝错叶佛寺边。覆伞红尘庇蝼蚁，腾身碧落泽山川。世人堪笑复堪怜，接踵摩肩拜山前。佛若有情佛亦笑，月如无恨月长圆。忍见满山石洞里，个个残躯立青莲！
虽云聚散随缘化，也历沧桑说变迁。柳跖旗翻秋风劲，
高欢亭上白云闲。宋宗陈兵三十万，龙城火炬两千年。
朝去西洋假学者，暮来东瀛真盗贼!最耻大汉称龙种，
风声鹤唳亦惊恐。边关烽烟卷地来，抱头鼠窜奋争勇。
兀术三万轻铁骑，纵横中原四万里。数百万人齐解甲，
吹笛唱曲献艳舞！百万男妓何用处？镇压黎氓贡粳粱！
五国城里囚君王，风波亭下卖忠良！只求一己膏天下，
哪管儿孙赴汪洋。血照残阳红赫赫，龙庭异族轮流坐。
东叩西拜没脊梁，喂饱野狗再喂狼。狼狗弹冠正相庆，
秃鹫横海过西洋。坚船利炮号八国，手持圣经称圣泽。
一战打开通商口，再战皇帝满山走。三战四战再再战，
卖国奴才皆叩首！风腥白骨吹血雨，月染黄沙鬼唱曲。
此曲只应地狱有，神州次次唱重头。四野歌声歌连歌，
一天秋雨秋复秋。外战外行内战行，醉死醉生没人惊。
忍看前尘如梦寐，奴子奴孙奴不悔。下人面前立王法，
主子脚下频摆尾。卖山卖水卖矿产，卖祖卖国兼卖嘴。
恨不卖尽日月和空气，敢教人人死无葬身地！手拎中
华大菜篮，口系苍生心系钱。今生使天高三尺，妄图
来世再专权。焚香献金求保佑，三跪九叩礼佛前。梦

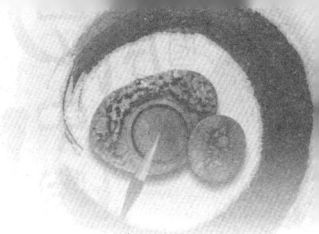

想诸天佛菩萨，食腐吮血作贪官。谁人心中无算盘，
只是乘除与加减。红尘一滴无情泪，何时陪君到九泉！
春夏秋冬幻中幻，镜花水月空里空。长云直上九万里，
腾化搏风舞天龙，龙蛰蠖屈何觅处？雾锁烟封一万重。
万重青山临天下，千古岁月入心胸。红叶红霞鸿雁度，
秋风秋雨秋色浓。此中真义谁人解？峰峦满目起梵钟。

落 花 吟 （二首）

繁华满地踏作泥，故宫深处草离离。

看来时令天无主，开过酴醾花有枝。

纵使神通通北斗，难寻水遁遁西施。

且为天香倾点泪，血丝潸潸上鬓丝。

望断山川一梦中，且教辗转卧春风。

浪莺先唱闲云白，残吐暮雨绿迎红。

胭脂生涯应有恨，醴醪人事半成空。

忍看芳秽飘流水，无限芳菲正向东。

吴鹏程　1983 年 4 月生，山西省万荣县人，现任太原市天龙山文物保管所办公室科员。山西诗词学会会员，唐槐诗社、唐踪诗社社员，与人合著《拾吟集》。

［正宫·叨叨令］感事

春风吹绿花千树，春花开遍人生路，人生得意停留处，扶摇直上青云路，望不见也么哥，望不见也么哥，明年今日归何处？

如梦令·天龙之春

几处丁香情意，万里春风无际。松叶卷香烟，看见一泓清水。风起，风起，又醉杏花愁里。

摊破浣溪沙·人生

蝴蝶飞飞绕碧丛，庄生应在月明中。千古风流今在此，是情浓。　　难忘当年花簇锦，学堂嬉戏闹嗡

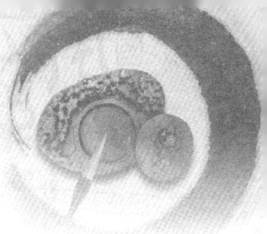

嗡，抛却愁中多少事，付东风。

圣 寿 寺

梦里曾经游古寺，苍生白发换青丝。
山间水畔升明月，留下相思君可知？

天龙夏月夜

天涯最是断人肠，洒下相思忆故乡。恐是多情难睡觉，童心远去岁茫茫。抬头望月月明镜，自古天龙月夜长。孤月曾经追太古，高齐奋起著文章。当年对弈虬髯客，公子豪情天下扬。明月青松今作伴，三人共饮一杯觞。暖风竖耳闻私语，怅望千秋遇惆怅。月白风清谁记取？孤峰山下少年郎。残花若是无大志，紫色何来四处香。

并州路上

细雨濛濛灰雾间，扶风岸柳醉寒烟。

行人可见红灯里，年复匆匆年复年。

［仙吕·醉中天］感悟

休问青云路，惟看圣贤书。阅尽江山美画图，挥笔飞龙舞。爱梦东湖烟雨，泊舟深处，醉东坡痛饮蓬壶。

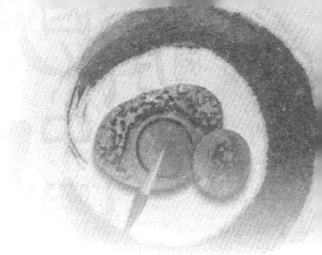

附：唐槐诗社大事记

2003 年

11 月 21 日　山西诗词学会唐槐诗社在太原成立。出席大会的会员共 18 人。省级老领导、山西诗词学会领导及省城著名诗人王文章、武正国、赵云峰、温祥、李旦初、华而实、陈婴、潘慎、阎凤梧等到会祝贺。山西诗词学会会长武正国致贺词。大会通过了《山西诗词学会唐槐诗社章程》（草案），决定出版社刊《唐槐吟苑》。选举戴云蒸为社长，高履成、赵愚、黄文新为副社长。

12 月 14 日　唐槐诗社 20 余人出席山西诗词学会主办的以我国"载人航天成功"为主题的谈诗会。

12 月 25 日　本社社员黄文新七律《春蚕》，在李白故里华夏诗城"涪江丽苑杯"世界华文诗词大赛中荣获三等奖。

12 月　本社部分社员赴太原中奥商城采风。

2004 年

1 月　《唐槐吟苑》创刊号面世，戴云蒸任主编，高履成、赵愚、黄文新任副主编。著名诗人王成纲为本刊题写封面。聘请赵京战、江婴、钱明锵、阎凤梧、潘慎为点评导师。

2 月　在碑林公园举办"碑林诗会"，山西省人大原副主任、三晋文化研究会会长李玉明到会并发表讲话。

3 月　《唐槐吟苑》第 2 期出刊。发表了 86 岁老红军、省人大原副主任王文章亲笔题诗"唐槐荫下聚今贤，竞放高吟珠玉篇。音韵铿锵文载道，良师教我喜心间"。

4 月 24 日　我社部分社员赴黄坡烈士陵园拜谒、采风。

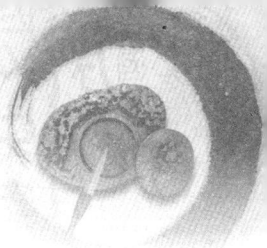

5月20日　与兄弟诗社联合邀请著名诗词活动家，本刊点评导师钱明锵莅并讲学。

6月　经社委会讨论通过，增加张宝山为副社长；常箴吾、史文山为《唐槐吟苑》副主编。

8月6日　我社社员到清徐来福醋业有限公司采风，从而开启了促进诗社生存与发展的"诗企联姻"活动。武正国会长应邀参加。

8月末至9月初　赵愚《唐槐吟友赴清徐来福醋厂采风》一文先后在《山西经济日报》、《山西晚报》、《中华诗词学会通讯》（第3期）发表。

9月12日　我社部分社员赴清徐东湖醋业集团参观采风。

9月　我社社员在南宫广场参加"山西省中秋食品节活动"，现场吟诗、作书。

9月26日　我社部分社员参加晋祠首届菊花节笔会。

9月　戴云蒸编著的《八十书怀百人唱和集》出版。

9月29日　我社部分社员赴临汾壶口、霍州等地采风。

10 月　本社应邀赴平遥参加牛肉节为冠云牛肉集团吟诗作画。

10 月　《中华诗词》2004 年第 10 期开辟"诗企联姻"专栏，发表我社社员在清徐来福醋业公司开展诗企联姻的诗词曲，并发表卷首语和编者按语，高度评价"诗企联姻"是促进诗词文化发展的好形式。

11 月 16 日　我社社员古交采风。

11 月 21 日　庆祝唐槐成立一周年大会在太原召开。省级老领导、山西诗词学会领导及省城部分老诗人王文章、武正国、温祥、李旦初、薛青萍等出席并讲话。省政协原主席李修仁同志在致函中提出了办刊的目的"是为锦衣甘食者唱赞歌，还是为小饱即安者唱催眠曲，还是为现实社会广大的弱势群体而呐喊"的刊物编辑定位问题。

12 月　本社社员樊积旺《书生吟草》出版。

2005 年

1 月　著名诗人梁东、林从龙接受我社聘请，为唐槐诗社点评导师。

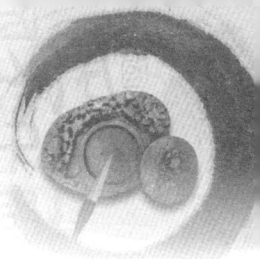

2月　梁东先生应邀为《唐槐吟苑》题写刊名。

2月2日　唐槐诗社举行迎春联欢会，中华诗词学会副会长、山西诗词学会会长武正国、副会长翟生祥、顾问潘慎应邀出席。

3月15日　2005年第1期（总第5期）《唐槐吟苑》出版。

3月　《中华诗词》2005年第3期发表我社常箴吾《美哉，散曲》的文章，并发表《让曲与诗词并茂》评论。

4月30日　唐槐诗友20多人参加永祚寺"太原牡丹节"，吟诗作书。

5月8日　唐槐诗社20余名社员赴清徐森泰牧业公司采风。山西诗词学会武正国会长、翟生祥副会长、张梅琴副秘书长也应邀参加。

5月20日　本社社员赵愚、黄文新在"山水情杯"全国电视大赛中获得佳作奖。

6月26日至28日　唐槐诗社部分同志参加山西诗词学会"红色之旅"采风团赴左权麻田、黄崖洞等地参观学习并进行创作。

7月　《中华诗词》2005年第7期发表唐槐诗社

副社长史文山的文章《诗企联姻好处多》。

8月15日，全国著名诗人赵京战、蔡淑萍、胡迎建、杨启宇来并开会期间与唐槐诗社部分社员座谈。

8月26日　唐槐吟友应"民天食文化公司"之邀，参加在太原市南文化宫举办的"健康醋文化及安全食品节"活动。

8月29日　晋中监狱举办"山西监狱百年变迁系列活动"，唐槐诗社吟友及省城诗书画界共30余人应邀到监狱参观，吟咏挥毫。

9月　本社赵愚《耕耘集》出版。

9月14日　著名诗人、文艺评论家丁芒先生与诗人朱静芳女士来并，与唐槐诗社部分社员座谈。

9月20日　为纪念抗日战争胜利六十周年，《唐槐吟苑》（总第7期）发表了胡晓琴、王文章、武正国、林从龙、江婴等诗作，以及戴云蒸缅怀先父戴慕真《浴血忻口》、张四喜《郝梦龄将军祭》、尹昶发《八百壮士歌并序》、郭翔臣《工卫旅赞》等作品。

10月9日　《唐槐吟苑》编辑部召开评刊会，武正国、李旦初、阎凤梧、谢启源等应邀参加。

10月11日　我社部分社员赴太原蒙山采风。

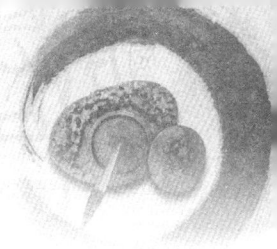

10 月 16 日　本社社员史文山在省图书馆"文源讲坛"作了题为"诗词与书法精品战略和精品意识"的讲座。

11 月 19 日　本社社员黄文新在省图书馆"文源讲坛"作了题为"诗词与书法"的讲座。

11 月 21 日　纪念唐槐诗社成立两周年大会在太原召开，武正国、温祥、王东满、潘慎、时新、翟生祥、谢启源等到会祝贺。武正国会长发表讲话，说："唐槐两年来做了两件大事：一是走诗企联姻的路子，二是坚持评刊制度。这两件事是创举，可载入山西诗词史册。"

11 月　经社委会研究通过，史文山、张立波、尹昶发、常永生为副社长，孙晓刚、谭学良为正副秘书长，尹昶发、梁希仁、柏扶疏、郭齐文、袁旭临为副主编。

12 月 23 日　与太原市中小企业协会举办"诗企联姻"活动，武正国会长参加了活动并为中小企业协会题词。

2006 年

1 月 6 日　召开评刊会，对唐槐诗社社刊的宗旨、办刊方针、风格、栏目设置、选稿标准等进行了讨论。

2 月 19 日　召开诗社社委及诗刊编委联席会议，调整了《唐槐吟苑》部分栏目。决定黄文中同志担任诗社秘书长。

3 月 2 日　2006 年第 1 期《唐槐吟苑》初稿编出，由于主编身体欠佳等原因，决定将第 1、2 期合刊，于 6 月底出版。

4 月 4 日　《温祥诗存》由唐槐诗社编印出版。

4 月 19 日　我社部分社员赴康庄度假村采风。

4 月 22 日　我社部分社员赴太原慕云山采风，与 40 余年坚持绿化西山的劳模袁克良座谈。

4 月 30 日　我社部分社员赴晋阳古城遗址采风。

4 月　《中华诗词》2006 年第 4 期发表了我社戴云蒸、史文山、黄文新、梁希仁等同志的诗词作品。

5 月 20 日　我社应邀赴太原明珠陶瓷城采风。

7 月 1 日　我社 15 人在社长戴云蒸带领下赴长治

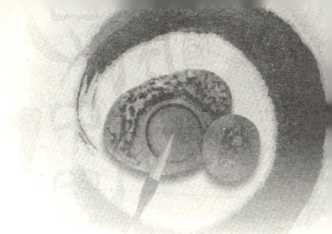

寺底煤矿采风。

7月15日　我社赴清徐紫林醋业公司采风。

7月　我社赴太原和平装饰城采风。

9月　名誉社长温祥、社长戴云蒸赴晋城参加全国第二十届中华诗词研讨会。

9月　本社社员常永生的《常永生诗词选》出版。

10月8日　鉴于戴云蒸社长病重住院，经研究决定尹昶发、樊积旺为常务副社长；梁希仁、黄文新为常务副主编。

10月　尹昶发、张宝山、吴定命、梁希仁在山西诗词学会主办的"农行杯"金秋诗歌演唱会上获得三等奖。

10月14日　同太原市万柏林区林业局联合举办了"太原市环城绿化林带诗会"。

11月8日　《唐槐吟苑》总第10期发表了戴云蒸先生执笔的卷首语《一朵奇葩耀神州　无限风光在前头》——唐槐诗社成立三周年感言。总结了唐槐四大特色即："以人为本、为民立言、诗企联姻、评刊制度。"

11月　《唐槐吟苑作品选》出版，戴云蒸主编。

该书汇集了三年来发表在《唐槐吟苑》上的优秀作品近400首(篇)。武正国文章《作品颇具特色　经验值得总结》作为代序。同时发表了梁东、林从龙、江婴、李旦初、王东满、潘慎等先生的题诗题词。

11月21日　唐槐诗社成立三周年纪念会在太原举行。省老领导及山西诗词学会领导王文章、李修仁、武正国、时新、翟生祥等出席。尹昶发主持，戴云蒸致辞，武正国发表讲话。

2007 年

2月　农历正月十五日，唐槐诗社举行元宵笔会，命题次韵苏味道《正月十五夜》与辛弃疾《青玉案·元夕》。

3月　《中华诗词》2007年第3期刊登刘小云题为《桑榆荐血浇诗苑——记唐槐诗社社长主编戴云蒸君》的文章。

5月6日　唐槐诗社副社长张立波同志因患心脏病逝世，享年73岁。

6月13日　经社委会研究通过，增加吴定命、郭

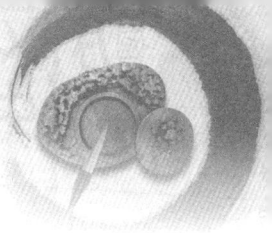

翔臣为副社长。

6月28日　戴云蒸社长因患癌症久治无效不幸逝世，享年82岁。全国众多诗友发来唁电、悼诗、挽联。

6月　本社社员郭翔臣诗词散曲集《子翊诗曲》出版。

8月2日　唐槐诗社在省农业厅201室召开社委会议。经讨论通过，樊积旺同志担任社长兼《唐槐吟苑》主编；尹昶发任常务副社长；梁希仁、黄文新任《唐槐吟苑》常务副主编。

8月11日　诗社20余人赴定襄采风。

8月25日　我社20人到万柏林区新西铭供销合作社有限公司进行"诗企联姻"活动。时新、潘慎等到会赋诗作画。

9月　《中华诗词》第9期发表一组深切怀念戴云蒸先生的诗词。

9月18日　我社部分成员参加"省城诗词书画界庆祝省总工会成立70周年"的活动。山西诗词学会会长、省人大原副主任武正国、省总工会常务副主席高凤平、省总工会原副主席郭长夫等出席。

10 月　诗社尹昶发、黄文新、史文山、郭翔臣等参加省总工会职工诗词书画摄影展览，并与省人大常委会副主任姚新章等领导合影留念。

10 月 20 日　《唐槐吟苑》总第 12 期发表武正国、丁芒、赵京战、王澍、钱明锵、尹贤、江婴等 78 人悼念戴云蒸社长的诗文。

11 月 18 日　史文山在省图书馆"文源讲坛"作了"对联撰写知识"讲座。

12 月 16 日　史文山在省图书馆"文源讲坛"作了"对联撰写知识"（续）讲座。

2008 年

2 月 14 日　唐槐诗社举办"戊子新春诗词吟唱联谊会"。武正国、时新、李旦初、翟生祥，顾问潘慎、谢启源以及唐明、唐风、唐踪、唐渊、桃园等兄弟诗社的社长应邀莅临。

3 月 31 日　《唐槐吟苑》总第 13 期开辟"唐槐社员之页"栏目。

3 月　本社社员刘小云的评论集《情到深处》出

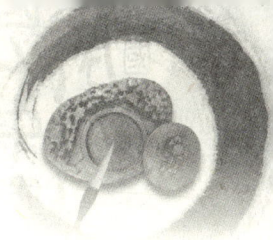

版。

3月　著名诗人钱明锵、秋枫，世界汉诗学会会长周拥军等来我社与部分社员座谈、合影。

4月　本社常务副社长尹昶发的诗集《郇风庐诗存》出版。山西诗词学会召开《郇风庐诗存》座谈会，常务副会长时新主持，会长武正国讲话。

4月　本社副社长张宝山先生因患病医治无效不幸逝世。

5月　"5·16"汶川大地震后，我社社员积极投入抗震救灾创作行动，饱含热情地创作了大量以抗震救灾为主题的作品。

5月　按照张宝山副社长病重期间的委托，由史文山、尹昶发编辑整理的《张宝山诗集》出版。

5月　本社部分社员赴太原第一监狱采风，著名作家、诗人、书法家王东满、时新、张世荣等参加了本次活动。

6月至8月　名誉社长温祥4次召集"问题诗会"。

8月　第29届奥运会在北京召开前后，我社社员写了大量诗词。歌颂中国获得冠军的全部健儿的诗词

在《山西日报》发表。多首绝句和书法作品入选山西
诗词学会和省体育局主编、山西人民出版社出版的大
型诗书画册《从洛杉矶到北京——奥运冠军风采录》。

8月 史文山获中华诗词学会举办的"华夏诗词
奖"大奖赛二等奖。

9月21日 史文山在省图书馆"文源讲坛"作了
"抗震救灾诗词的启示"讲座。

10月20日 《唐槐吟苑》总第15期开辟《奥运
盛况》和《冠军风采》专栏,发表奥运诗词182首。

10月 黄文新《卧风楼诗稿》诗集出版。

10月 本社史文山、黄文新赴河南南阳参加第二
十二届"中华诗词研讨会",史文山在大会发言,题为
"论新田园诗的历史地位、主要特点及其发展方向"。
黄文新《试论诗文化中的自由曲现象》的文章印发会
议。

10月 本社社员郭翔臣《退休后不妨与诗词结
缘》在《中华诗词》第10期发表。

11月22日 唐槐诗社在省气象宾馆召开成立五
周年纪念会议,会议由社长樊积旺主持。常务副社长
尹昶发作了5年总结报告。5年来,我社社员创作了

大量作品，并有 16 位诗友出版诗集、文集 19 部。计有戴云蒸《正气歌》、《八十抒怀百人唱和集》；张宝山《张宝山诗集》、张立波《张立波诗选》、陈锋《桃园南北二人集》、樊积旺《书生吟草》、常永生《常永生诗词选》、尹昶发《郇风庐诗存》、赵愚《耕耘集》、黄文新《卧风楼诗稿》、郭云《竹风吟稿》、宋玉萍《梅心集》、刘小云《云心思雨》、郭郅都《行路集》、郭翔臣《子翙诗曲》、宋福才《老兵情怀》《燃烧的岁月》、栗文政《诗游三晋》，王美玉《情韵》等。

12 月　本社社员梁希仁《濮风斋诗草》出版。

12 月　本社社员李金玉《李金玉诗文选》（诗词曲卷）、《李金玉诗文选》（读诗札记卷）出版。

2009 年

3 月 30 日　《唐槐吟苑》2009 年第 1 期总第 17 期开设《自由小令》专栏，发表作品 30 首。

5 月 8 日　我社组织部分社员并邀请山西诗词学会领导和兄弟诗社诗友赴太原第一监狱进行参观采风。

6 月　我社社员郭翔臣散曲专辑《头白思走云深

处》出版。

7月　本社社员常永生获"盛世中华"全国诗词大赛二等奖。

8月9日　山西诗词学会虹巢书画院在太原隆重成立，我社尹昶发、黄文新被选为副院长。

8月　我社李金玉、史文山、赵黄龙、原振华论文收入武正国、翟生祥主编的《论农民诗歌创作》中。

9月　在山西省总工会和山西诗词学会共同组织的"庆祝中华人民共和国成立60周年全省职工诗歌大赛"中，我社黄文新、尹昶发、原振华等8位诗友担任评委。常永生、刘磊峰、王美玉作品获二等奖。郭翔臣等5人参与了获奖作品集《盛世飞歌》的编辑校对工作。

9月20日　尹昶发在省图书馆"文源讲坛"作"学诗随想"讲座。

10月26日　《唐槐吟苑》2009年第3期就马凯先生《知古倡新求正容变》的主张发表卷首语，同时发表赵愚新声韵格律诗一组。

10月　郭翔臣《六十华年忆事多》在全国"庆祝中华人民共和国成立六十周年诗词书画大赛"中获得

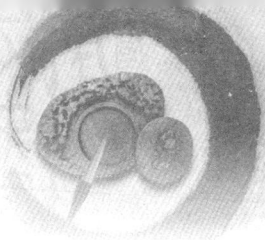

金奖，61首国史绝句入编中国文化传媒出版社《激情岁月》大型书画诗词集。自度曲《又见菊花黄》在其他国庆诗词赛事中获得一等奖。

12月9日　我社名誉社长王文章同志于2009年12月9日因病逝世，社长樊积旺发表了《深切怀念王文章名誉社长》的文章。

12月　我社社刊《唐槐吟苑》及十余位社员的诗集被国家图书馆收藏。

2010 年

1月　唐槐诗社2010年迎新联谊会在并举行，山西诗词学会副会长翟生祥、郑福太及兄弟诗社社长、主编应邀出席。

2月　我社赵黄龙、赵愚、李金玉、吴定命、史文山、黄文新等6名同志在"全国新田园诗歌太平杯律诗大赛"中担任评委。

4月30日　我社部分社员参加双塔寺牡丹节笔会。

5月25日　《唐槐吟苑》总第21期为纪念戴云

蒸先生逝世三周年，刊登了由尹昶发、吴定命、黄文新书写的戴老的诗词书法作品。

6月18日 "全国第五届新田园诗歌太平杯律诗大赛"颁奖暨座谈会在并召开，我社尹昶发、梁希仁、常永生获优秀作品奖。

7月 我社社员赵愚《芥卉集》出版。

9月6日 我社部分社员赴安泽采风。

10月13日 我社部分社员参加安泽县第五届荀子节吟诗会。

10月16日 我社部分社员参加重阳节蒙山大佛采风活动。

10月17日 尹昶发在省图书馆"文源讲坛"作"新田园诗浅谈"讲座。

10月22日至24日 我社部分社员赴偏关参加万家寨引黄工程采风活动。

11月21日 黄文新在省图书馆"文源讲坛"作了"古今边塞诗之比较"的讲座。

11月26日 我社部分社员参加山西诗词学会举办的《难老泉声》百期座谈会。

11月28日 经唐槐诗社社委会研究决定，尹昶

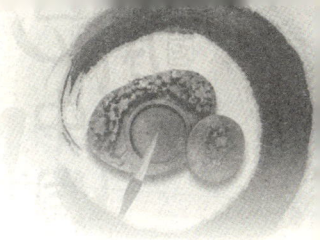

发任社长，梁希仁任常务副社长，黄文新任《唐槐吟苑》主编，常永生任常务副主编。聘请樊积旺为诗社名誉社长。

12月20日　《唐槐吟苑》总第23期发表了题为《弘扬地域文化　打造北国诗风》的卷首语。还集中发表了9位诗人的39首军旅诗词。

2011 年

2月12日　我社与山西省高速公路管理局、太原书法院联合组织"百余诗人、书家颂高速新春联谊活动"。省级领导武正国、杜五安及山西诗词学会翟生祥、省书协主席石跃峰等参加了这次活动。社长尹昶发在会上发表了讲话。

2月　经社委会研究决定，聘请蒋世欣为名誉社长。

3月20日　史文山在省图书馆"文源讲坛"作了题为"诗歌意象研究"的讲座。

4月17日　史文山在省图书馆"文源讲坛"作了题为"诗歌意象研究"的讲座（续）。

3月29日　《唐槐吟苑》总第24期发表在"歌颂高速路"活动中创作的武正国、蒋世欣、尹昶发、张惠民、乔祖明、吴定命等同志的书法作品，并开设《高速之歌》专栏，发表诗词46首。

4月17日　我社应邀赴太原红星美凯龙家居店，参加开业一周年庆典活动。

4月　我社社员郭翔臣、栗文政分获"曲咏三秦"全国散曲大赛二等奖、优秀奖。

4月　由梁希仁主编的诗集《军旅情》出版。

6月　我社社员常箴吾《常箴吾散曲集》出版。

6月　本社社员史文山获庆祝中国共产党成立九十周年"韶峰杯"全国诗词大赛优秀奖。

6月28日　山西诗词学会举办"纪念中国共产党成立九十周年山西省首届我诗我书专题展"，我社尹昶发、吴定命、常永生、李金玉、赵愚、黄文新等6人的书法作品及多名诗人诗作参展。

7月9日　我社部分社员赴定襄凤凰山生态植物园采风。

7月　本社社员王美玉参编的《十二女子诗坊》出版。

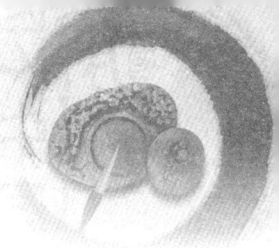

7月25日　《唐槐吟苑》总第25期出版。本期在"山右自由曲"专栏发表了童翔所辑《山西16人自由曲20首》，以展示山西自由曲作者的群体风貌。本期还刊登了杨金亭《曲到自由天地宽——序温祥〈旧蕊新花集〉》、阎凤梧《难忘兵营那段情——〈军旅情〉序》。

8月21日　我社尹昶发、梁希仁、赵愚、吴定命、李金玉在"文源讲坛"上围绕"建党90周年诗词创作"，以"我说我诗"的形式做了专题讲座。

8月，我社社员智先才《清寒斋诗词集》出版。

8月　我社社员郭翔臣《诗词入门捷径》出版。

9月　经社委会研究决定，赵黄龙任《唐槐吟苑》常务副主编。

10月　我社点评导师、《中华诗词》顾问梁东先生馈赠墨宝《中秋寄唐槐》绝句一首。

10月　我社及兄弟诗社部分诗友与山西漫画家协会会长、著名漫画家李二宝先生座谈"漫画与诗词"，并参观了漫画展览。

12月23日　在山西诗词学会第五届代表大会上，我社常永生、刘小云、尹昶发、史文山、黄文新、郭翔臣被选为常务理事，常永生、刘小云被选为副会长。尹昶发、郭翔臣、赵黄龙、刘磊峰被任命为副秘书长。

12月25日 《唐槐吟苑》总第26期刊登了我社尹昶发、赵愚、吴定命、李金玉在"文苑讲坛"关于"建党90周年诗词创作的讲稿"。《李二宝漫画》及我社社员配诗，发表了黄文新《李二宝漫画的启示》的文章。

2012 年

1月25日 《唐槐吟苑》编辑部向部分作者并通过网络发出"特约黄河诗稿"的邀请函。

1月 我社与太原市祥龙世达物贸有限公司举行联姻茶话会。

2月8日 《唐槐吟苑》编辑部印发《关于加强〈唐槐吟苑〉编印工作的意见》。

3月 本社社员黄文新获第三届"华鼎奖"全国大赛金奖。

4月 经有关部门批准，《唐槐吟苑》取得内部准印资格。

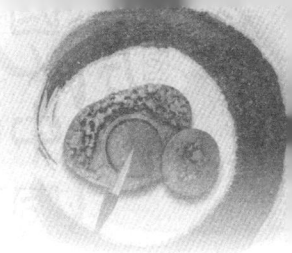

5月8日　本社社员原振华取得"铁岭新城八景题咏"诗词全国征稿大赛优秀奖。

5月18日至20日　"中国·吕梁首届当代散曲创作学术论坛"在吕梁市召开，我社尹昶发、梁希仁、赵愚、史文山、常永生、张柳、王美玉、原振华等参加。史文山、黄文新、郭翔臣的文章在会上印发。

6月　本社社员王美玉诗歌在山西省"安监杯"诗文创作活动中获一等奖。

7月2日　唐槐诗社召开社务会议，研究纪念唐槐诗社成立十周年活动的筹备工作，重点研究了《唐槐诗选》的征稿、编辑等问题。

7月21日　由武正国主编、山西人民出版社出版的《诗咏五台山》在并举行首发式，唐槐诗社部分社员参加。该书收入本社21名社员的诗词64首，并收入尹昶发、黄文新、李金玉等自书自诗的书法作品。

22日　唐槐诗社召开社员大会，安排部署迎接唐槐诗社成立十周年及《唐槐诗选》征稿等事宜。

8月　《中华诗词》2012年第8期刊登王澍《喜读＜濮风斋诗草＞》，高度评价我社梁希仁诗词。

8月17日　唐槐部分社员参观中国水墨漫画展

后，召开无主题谈诗会。

8月19日　本社社员史文山在省图书馆"文源讲坛"作了题为"伟大诗人杜甫"的讲座。

9月1日　我社与万柏林林业局共同举办了"诗企联姻"活动。冒雨赴万亩生态园参观、采风，并进行诗词楹联书法创作。

9月　本社社员郭云获中华诗词学会第四届"华夏诗词奖"二等奖。

9月23日　由山西诗词学会、省图书馆、唐槐诗社联合举办"2012金秋唱月·走进唐槐"吟唱会。

9月　《中华诗词》2012年第9期《诗社撷英》栏目集中发表了我社吴定命、尹昶发、常永生、李金玉、梁希仁、黄文新、赵黄龙等7人作品。

9月　本社社员王美玉在"庆中秋盼团圆"全国诗歌征集活动中获二等奖。

10月7日　2012年太原晋祠"菊花文化节"全国诗歌大赛颁奖会在晋祠博物院水镜台举行。我社4人获奖：原振华获一等奖、常永生获二等奖、宋玉萍获三等奖、王美玉获优秀奖。

10月8日　收到梁东先生大作《壬辰中秋再寄唐

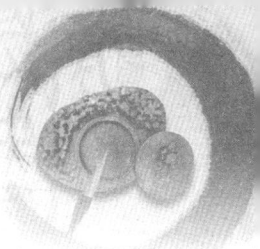

槐》。

10 月 21 日　我社社员郭翔臣在山西省图书馆"文源讲坛"作了"爱国主义诗词是中华诗歌乐曲长河中的黄钟大吕"讲座。

10 月 30 日　《唐槐吟苑》总第 28 期刊发社员"庆祝党的十八大"的作品。刊登了"万柏林生态园采风诗联书法"等作品。开辟了《曲园漫步》专栏。

10 月　本社社员赵愚《岁月留踪》出版。

10 月　本社社员黄文新、黄文中及黄文华《棠棣诗花》出版。

11 月 23 至 26 日　本社社员常篴吾、郭翔臣、折殿川赴四川成都参加"第十二届中国散曲及相关文体研讨会"并提交了论文三篇。

11 月 28 日　由晋城银行、山西诗词学会、来福集团主办的"晋城银行杯全国诗词大赛"评审启动。我社尹昶发、常永生、史文山、栗文政、黄文新、原振华等 6 人任初评委员会委员。

12 月 26 日　本社社员尹昶发、黄文新、赵黄龙等应邀参加山西诗词学会和省交通厅文明办主办的"喜庆十八大，爱祖国颂交通"诗歌征文比赛颁奖朗诵会。唐槐诗社获优秀组织奖三等奖。本社社员史文山获三等奖。

12月29日 唐槐诗社召开社委会议,回顾本年度工作,研究2013年工作安排,审核《唐槐诗社十年大事记》前9年初稿。

2013 年

2月2日 唐槐诗社2013年迎春诗会在并举行。

2月5日 尹昶发、黄文新、常永生、赵黄龙一同向武正国会长汇报唐槐一年来工作情况及诗社十年庆祝活动准备工作,武会长对唐槐工作予以支持和肯定。

3月5日 山西诗词学会召开唐槐十年座谈会,会长武正国,副会长张梅琴、张四喜、高履成、朱生和、常永生等参加。武正国会长讲话,再一次肯定了唐槐"诗企联姻"、"评刊制度"、引领作用和内部传承的经验。

3月17日 我社黄文新在省图书馆"文源讲坛"作了《山西关隘文化及雁门关诗词》的讲座。

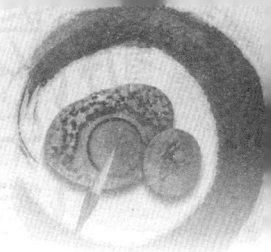

4月6日　我社部分社员参加寿阳方山桃花节采风活动。

5月23日　我社部分社员参加"全国新田园诗大赛"20周年座谈会。

5月　由全总唐玉良与我社社员郭翔臣合著的《诗词曲格律讲义》由中国工人出版社出版发行。

6月8日　我社部分社员参加"晋城银行杯"全国诗词大赛颁奖仪式及新闻发布会。尹昶发、黄文新、史文山、常永生、原振华等参加了作品评审工作。

6月13至16日　我社尹昶发、刘小云、王美玉作为作家代表，参加了山西省作家协会第六次代表大会。

6月16日　本社15人参加山西诗词学会主办的"2013汾畔行吟端阳诗词吟唱会"，黄文新创作并朗诵的《金缕曲·端阳寄诗友》二首，荣获第一名奖励。

6月23日　《中华诗词》顾问、著名诗人杨金亭和著名诗人刘章为唐槐诗社成立十周年题词题诗。

6月30日　中华诗词学会理事、中国毛泽东诗词研究会理事、《诗词之友》执行主编张脉峰为唐槐诗社成立十周年题词题诗。

6月　本社赵黄龙、原振华、赵愚、郭贵忠分批赴高速公路工地参加山西诗词学会组织的采风活动。

7月2日　《唐槐吟苑》2013年第1期出版，为彰显山西地域文化，特开辟《关隘雄风》专栏。

7月6日　本社召开评刊会，对"关隘诗词"进行了专项评论。

7月13日　《唐槐诗选》审稿会在省总工会老年活动中心进行。

7月22日　太原坦洋茶城举办"坦洋工夫茶杯"全国诗词大赛，聘请我社尹昶发、黄文新、常永生、史文山及山西诗词学会时新为评委。

8月21日　本社部分编委对《唐槐诗选》打印稿进行集体校阅。

8月　本社赵黄龙《杏花岭集》由山西人民出版社出版。

9月27日　本社承办的"坦洋工夫茶杯"全国诗词大赛进行终评，评出一等奖一名，二等奖二名，三等奖三名，优秀奖十名。

9月30日　收到中华诗词学会副会长赵京战贺诗《唐槐诗社十年庆》。收到全国总工会霞光诗社贺诗。

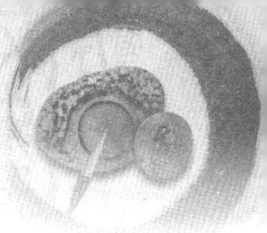

10月10日　本社尹昶发、黄文新、吴定命应邀赴太原第一监狱，参加山西省服刑人员工艺书画展评审工作。

10月　本社郭翔臣文章《诗人交往雅量当先》在《中华诗词》2013年第10期发表。

10月25日　《唐槐诗选》编委会召开会议，研究《唐槐诗选》定稿及相关问题。

11月2日　唐槐诗社在"中华诗词网站论坛"开设栏目版块。

编 后 记

在诗友们的共同努力下，这部诗选终于付梓了。现在回过头来，不由使人心潮起伏，思绪万千。

那是 2003 年的 11 月 21 日上午，在山西省委文秘中心会议厅，一群热爱中华诗词的朋友们，在灯火辉煌、人声鼎沸的大厅里，宣告唐槐诗社正式成立。自此，在山西诗词学会的领导和支持下，在省城太原这块历史文化积淀十分深厚的天地里，在"大力弘扬中华诗词，唱响主旋律，鞭笞假恶丑，关注民生，美刺兼收"的办社办刊宗旨下，唐槐诗社开展了一系列的创作活动。首任社长戴云蒸焚膏继晷，举旗力擎；继任者樊积旺、尹昶发、梁希仁、黄文新等群策群力，殚精竭虑，使诗社不断发展壮大。其间，唐槐诗友朱生和、高履成、任锦翚、张四喜等独辟蹊径，相继建

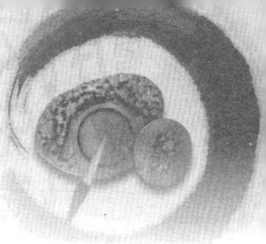

成了唐明、唐踪、唐渊、唐风诸诗社。形成了五唐并起、群芳竞妍的壮观局面，山西诗词学会由此进入最富生命力的大发展、大繁荣的鼎盛时期。十年来，唐槐诗社上下一心，继往开来，坚持出刊、评刊。坚持"诗企联姻"及诗书互动、广泛交流等一系列创作活动。努力促进人才辈出，打造精品佳作。十年中所取得的丰硕成果和办社、办刊经验，很值得总结和提高。我们编辑出版这部诗选，就是为了展现诗社十年来的创作历程，检验十年来的创作成果，并以此作为献给诗社成立十周年庆典的一份厚礼。

十年中，社刊《唐槐吟苑》共出刊30期，发表诗词曲赋联和诗评近2万首（篇）。先后加入诗社的诗友近百人。而岁月沧桑，人事变迁，针对诸多因素如何来编选，煞费苦心。经研究确定如下原则：

1. 凡本社社员和曾经加入本社的诗友作品均可入编；

2. 每人入编作品一般不超过10首；

3. 作品一般自选，后统一增删定稿。逝世的和无法联系的诗友，由编委会设法选入；

4. 作者顺序，按出生年月编排，长者居先；

5.赋、联和文章不选，《唐槐大事记》作为附件收入。

基于上述原则，这次入编作者83人，诗词曲572首，后附唐槐诗社十年大事记。这样，本书基本涵盖了唐槐诗社十年的活动情况和唐槐诗友的创作水平。希望在此基础上，诗社能够坚持一以贯之的精神，努力励精图治，敢于折冲厌难，不断取得新的胜利。

本书选编过程中，得到山西诗词学会武正国会长的关怀和支持，并为之作序；中华诗词学会顾问、本社点评导师梁东赠诗和墨宝，并为本书题写了书名；中华诗词学会组联部、中华诗词网、中华诗词论坛发来了贺信，杨金亭、温祥、刘章、赵京战、时新、冯延辰、张驰、包德珍、武建东、张脉峰等诗界名家和吟长发来了贺诗、贺联和文章；山西省高速公路管理局、山西人民出版社对本书的出版给予了大力支持和帮助，在此一并表示感谢。

编　者

2013 年 11 月